捨てられ雑用テイマーですが、森羅万象を統べてもいいですか？

SHINRA BANSHO WO SUBETEMO IIDESUKA?

覚醒したので最《さい》強《つよ》ペットと
今度こそ楽しく過ごしたい！

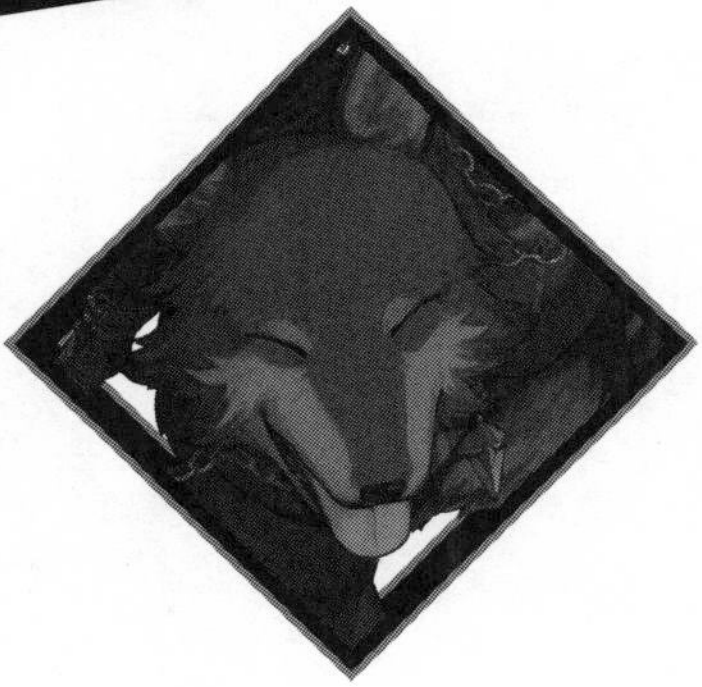

TORYUUNOTSUKI
登龍乃月
illustration さくと

登場人物紹介
CHARACTER
メルト
覚醒したアダムの力によって生まれ変わったケルベロスのサーヴァント。
アダム
S級パーティ【ラディウス】で雑用を押し付けられていたテイマー。【森羅万象の王】に覚醒し、第二の冒険者生活を始める。
リリス
アダムの窮地に現れた龍人の少女。父の命で【森羅万象の王】の誕生を待ち続けていた。

ダウンズ
【ラディウス】の重戦士。
短気で粗暴な性格をしている。
バルザック
【ラディウス】のリーダー。
王国軍の戦士長を務めた実力を持つ。
モニカ
【ラディウス】のプリースト。
慈愛に満ち、次期“聖女”との呼び声も高い。
ミヤ
闇ギルド【ミッドナイト】のギルドマスター。

第一章　絶望と覚醒

「「「「かんぱーい!!」」」」

賑《にぎ》わう酒場に一層大きな乾杯の音頭《おんど》が響《ひび》き、グラスを合わせる小気味《こきみ》のいい音が鳴る。

俺、アダムが籍を置くS級パーティ【ラディウス】が、A級ダンジョン〝鬼岩窟《きがんくつ》〟を攻略した祝勝会である。

「くーーっ！　やっと攻略出来たな！　これも皆のおかげだぜ！」

攻防バランスの取れた戦略と優れた剣術、豪気な性格でラディウスを纏《まと》めるリーダーである、元王国軍戦士長――勇者バルザックが冷えたエールを一息で飲み干した後にそう言った。

「やっとも何も俺達なら朝飯前のダンジョンだったぜ！」

冒険者ランクはB級だが耐久力《たいきゅうりょく》とパワーには定評のある、パーティの壁役、重戦士《じゅうせんし》ダウンズが重ねるように言う。

「でも、さすがに歴代最速攻略を目指したのは骨が折れた」

そして甘ったるい果実ジュースの入ったコップを両手で持ち、くぴくぴと飲みながら言ったのは僅《わず》か十五歳にして十を超えるオリジナル魔法を編《あ》み出《だ》した天才少女、大魔導士《だいまどうし》リン。

「なーんで私達が今更《いまさら》A級ダンジョンに潜《もぐ》るのかと思えば……」

「いいじゃないですかジェニスさん。これもいい経験です！」

「モニカはいつでもポジティブちゃんだねぇ」

「はい！　いつでも明るく道を照らす！　それが私の役目ですから！」

世界中に支部を持つ巨大宗教、クレセント聖教会《せいきょうかい》出身であり、次期〝聖女《せいじょ》〟との呼び声が高い敏腕《びんわん》プリースト、モニカ。

元傭兵《ようへい》ながら個人の実力はA級冒険者に匹敵《ひってき》すると称され、狙った獲物《えもの》は逃がさない最高峰《さいこうほう》のハンター、ジェニス。その二人が肩を小突《こづ》き合いながら笑っている。

そんなパーティメンバーの楽しそうな表情を見ながら、空いた皿やグラス、追加注文などを一手に引き受けている俺は、ラディウスの雑用係兼モンスターテイマーをしている。

「しっかしアダムよぉ。鬼岩窟でもテメェはホントに役立たずだったなぁ！　俺らが必死に戦ってる間何していたか言ってみろよ！」

「えっ……それは……」

皿に残っていた野菜くずを口に運んでいる時、顔を少し赤らめたダウンズがそんな事を言ってきた。

この人は何かにつけて俺をいじり、馬鹿にしてくるが、酒が入るとさらにひどい。

「ちょっとダウンズさん！　そういう言い方よくないですよ！」

「あぁ？　聖女ちゃんは何も思わないんですかー？　戦闘に参加しねぇで一番後ろでぼけっと突っ立ってるだけのアダム君によぉ！」

そしていつも仲裁《ちゅうさい》に入ってくれるのがモニカだった。

他のメンバーは知らないふりをするか、冷ややかな視線を俺に向けてくる。

その対応で、俺がパーティ内でどう思われているのかを改めて察してしまう。

リンもジェニスもどっちに付けば有利か、なんて事は重々承知しているようで「アダムは雑用、仕方ない」「私らが優秀すぎてやる事ないのかもよ？　ククク」なんて言ってる。

俺にだって言い分はあるけど、何だかんだでダンジョンのドロップアイテムや装備《そうび》——鬼岩窟攻略後に貰ったレア装備の鬼王《おにおう》の胸当《むねあ》て——を恵んでくれるあたり、気にかけてもらえているのだと思い、ぐっとこらえる。

みんな過酷な戦闘や野宿で神経がすり減っているのだ、仕方ない事、俺が我慢《がまん》すればいいだけの事なのだ。

「バルザックさんもそう思うだろ？　ただのごく潰《つぶ》しじゃねぇか！　使えねぇ奴が天下のラディウスにいちゃいけねえって！　あっはっは！」

ラディウスはパーティとしてS級の実力がある。個人の冒険者ランクがS級の者は今のところいないが、史上最速でS級パーティになった事もあり、メンバーのプライドはとんでもなく高い。

「……ダウンズ、もうやめろ」

「へいへい。バルザックさんがそう言うなら。今は、やめときますよーヒック」

「……メイ達に食事あげてくる」

この場から離れたくなった俺は、サーヴァント——テイマーが使役しているモンスター——に食事をあげるためにも、席を立つ。

「雑魚犬《ざこいぬ》に食わせる飯代があるなら酒代に回してぇなぁ！　モンスターなんだから二日三日食わないでも生きてけるだろ？」

「ダウンズさん！」

モニカが抗議の声を上げる。

「いいよモニカ。行ってくる」

「アダムさん……」

馬鹿笑いをしているダウンズをさりげなく睨《にら》みつけた俺は、心配そうな表情のモニカを横目に、酒場を出て裏手にある厩《うまや》へと向かった。

酒場は俺達が今日泊まる宿の一階に併設《へいせつ》されており、ふと見上げれば明かりのついた二つの部屋が目に留まる。

明かりのついた部屋は、それぞれモニカ達女性陣とバルザックら男性陣の部屋なのだが、どうせ明かりを消してこなかったんだろう。

俺の部屋は男性陣の部屋の隣《となり》、一人部屋だ。

ダウンズが俺との相部屋がどうしても嫌だとゴネるので、仕方なしにこうなっている。

今日は部屋が割り振られているけど、厩があてがわれる事もしばしばあった。

まぁ干し草の上でメイ達に囲まれて寝るのも悪くないし、俺的にはあまり気にしていない。

「オンオン！」

「あぁ、はいはい」

俺の気配《けはい》を察したのか、サーヴァントのメイの吠《ほ》える声が厩から聞こえてきた。

厩に入り、サーヴァントにあてがわれた区画に入ると、三匹の黒い犬型モンスターが尻尾《しっぽ》を振りながら迎えてくれた。

「お腹空いたろ？　食事だよ」

「「「オン！　オンオンオン!!」」」

「慌てるなって、すぐあげるから……わっぷ、顔を舐められたらご飯あげられないだろ」

この三匹は俺が冒険者の初期にテイムしたワイルドブラックドッグで、メイ、ルクス、トリムという名前だ。

ラディウスに入った当初から、餌代《えさだい》がかかるからサーヴァントは増やすなと言われていたので、俺の相棒はずっとこいつらだけだった。

おかげでたっぷりの愛情を注げたし、意思疎通《いしそつう》もしっかり出来るようになったし、三匹ともA級に近い強さに育ってくれたし、それはそれで良かったと思ってる。

量より質、ってやつだ。

「アダムさん」

「モニカ……なんでここに？」

唐突《とうとつ》に背後から届いた声に振り返ると、微笑《ほほえ》みを浮かべたモニカがそこに立っていた。

「その、なんとなく、かな。ワンちゃん触ってもいい？」

「いいけど……その綺麗《きれい》な服が汚れちゃうよ」

「大丈夫よ。これはどのみち後で洗濯に出すもの」

「そっか」

「はい」

「お前らシャンとしろよ？　聖女様に撫でてもらえるんだ。光栄に思えよ」

「アウゥ？　ワンッ！」

「あはは！　ダメだ分かってないや」

「ふふ、いくらテイマーでも通じる時と通じない時があるのね？　戦闘中はいつもコンビネーション抜群《ばつぐん》なのに」

「え……？」

意外な一言に、俺の視線は、モニカの横顔に無意識に釘付けになってしまう。

モニカはそんな事を言いながら俺の横に座り込み、ルクスの頭を優しく撫でている。

「ワンちゃん達、いつも頑張ってくれてありがと。みんないい子ね」

モニカは回復と補助《ほじょ》役を一手に引き受けてて、戦闘中は俺なんかよりも数倍忙しいはずなのに……

「どうしたの？　私の顔に何か付いてるかな？」

「あっ！　いやごめんそのいや、なんでもない……」

驚きのあまり、彼女から指摘されるまで、見つめたままになっている事に全く気付かなかった。

モニカの横顔は慈愛《じあい》に溢《あふ》れたもので、聖女だと言われて疑う者などいないだろう。

戦闘では足手まといで雑用係の俺にすら、こんなに優しく接してくれるのだから。

「ふふ、おかしな人。ちゃんと見てますよ？　パーティメンバー全員を見るのが、私のお仕事ですからね」

「でも俺は……」

「だから、その……」

「なんだ？」

モニカは優しさを湛《たた》えた瞳をすっと伏せ、ルクスの頭を撫でながら衝撃的な言葉を口にした。

「アダムさんはこのパーティから抜けるべきよ」

「……っ！」

ラディウスの良心だと思っていたモニカから放たれた一言に、思わず俺は唇《くちびる》を噛んで下を向く。

「ここは、ラディウスは貴方《あなた》がいるべき場所じゃないわ。貴方ならもっと、もっと違う活躍が出来るはずなのに……」

「変なフォローはやめてくれ」

「フォローなんかじゃない！　私は貴方の事を考えて言っているのよ！　ダウンズさんもバルザックさんも、リンさんもジェニスさんも、貴方とこの子達をちゃんと評価してないのは貴方自身も分かっているはず。このまま不当に扱われ続けていいの？」

「不当なんかじゃない、事実俺は……バルザックみたいに剣術がうまいわけでもない、ダウンズのようにガチガチの重装でモンスターの攻撃を受け止められるわけじゃない、リンみたいにオリジナルの魔法を編み出せる才能もない、ジェニスのような弓の技術があるわけでもない」

メンバーとの力量の差は明確で、自分で言って悲しくなる。

「どうして自分を認めてあげないの？」

「認めてるよ。お荷物だってのは十分認めてる」

「はぁ……今は何を言っても無駄みたいね」

「きゅぅん……」

「俺は、抜けないよ」

「そう。でも、貴方は決してお荷物なんかじゃないって事、別の生き方があるって事、これだけは覚えていて欲しいの。でないと、いつか大変な事になる気がする」

「忠言《ちゅうげん》ありがとう」

「私は戻るわね。次はいよいよS級ダンジョン、頑張りましょう」

「あぁ」

そのままモニカは去っていき、既には俯《うつむ》く俺と、心配そうに体を擦《す》り寄《よ》せてくるメイ達だけが残された。


「とうとう来たな」

「来ちまったなバルザックさん」

「ここがＳ級ダンジョン…… 〝葬滅《そうめつ》の大墳墓《だいふんぼ》〟」

「禍々《まがまが》しいオーラがひしひしと伝わってくるわ……」

「気合、入れていこう」

葬滅の大墳墓は地上一層、地下十五層まであるとされる遺跡型Ｓ級ダンジョン。

地上一層から地下五層まではＡ級パーティでも到達出来る程度だが、六層からは難易度が跳ね上がる。地下では五層ごとにボスが待ち受けていて、最下層とされる十五層まで辿り着けた冒険者パーティはごく僅か、というダンジョンだ。

バルザックらは気合を入れ、フォーメーションなどの確認や下準備を行っている。もちろん、そのフォーメーションや作戦に俺の事は含まれていない。いつからか、そうなっていた。

「おいアダム！　分かってるとは思うが、ヘマしたらただじゃおかねぇからな！」

何を思ったのか、少し離れて荷物の確認をしていた俺の所にダウンズがやってきて、意味もなく蹴りを入れたり、頬を叩いたりしてくる。

「いった……分かってるよ」

「ウォウウォウ!!」

「オン！」

「ワォウ！」

「おーおー、犬っころ共も、いざとなったらちゃんと身代わりになって死ねよ？」

俺を馬鹿にするのはまだいいけど、いつも頑張ってくれているメイ達にこんな事を言うのは、さすがに許せない。

「なんだと！　取り消せダウンズ！」

「「ガルルル……」」

「あ？　やんのか？　犬っころの力を借りなきゃ何も出来ないへっぽこテイマーが俺様とやろうってのか？　来いよ、ボコボコにしてやっから」

「く……！」

「オラ、どうした？」

握りしめた拳《こぶし》がギリギリと音を鳴らすが、ぐっとこらえる。

ここで俺が殴り掛かった所で、ダウンズの言う通り手も足も出ず俺が一方的に殴られて終わりだ。

これからダンジョンに入るというのに、そんな事をしても無意味。

でも何かがおかしい。

いつも馬鹿にしてくるダウンズだが、ここまでの暴言を吐く事はなかったし、煽《あお》るように蹴ったりおちょくるように頬《ほお》を叩いたりしてくるなんて事もなかった。

「よし行くぞ！　地下五層まで一気に進む！」

俺とメイ、ルクス、トリムで先行し、徘徊《はいかい》しているモンスターやトラップなどを見つけては、後方のバルザック達に指示を飛ばしていく。

俺達の目的は五層から下になるので、地上層から地下五層までのフロアは寄り道をせず、真っすぐ先へ進む。

俺とルクス、トリムは、メンバー全員分の荷物を背負ったままでだ。

戦闘になれば、唯一荷物を持たせていないメイを参戦させる。

俺は……戦う術《すべ》がないので、後方にて索敵《さくてき》したりアイテムを使って補助したりしている。

「アォォーーン！」

「く！　アダム！　犬を黙らせられないのか！　声を聞いてモンスターが寄ってくるだろう！」

「そんな事言ったって……」

戦いの中、威嚇《いかく》や敵の注意をこちらに引き付ける、いわゆるヘイト調整でメイが大声を発する事がある。けど、それは戦闘に必要な行為なのだと以前に説明している。

覚えていない、というより俺の言葉なんて届いていないのかもしれないが。

「ほら見ろ！　おかわりが来やがった！」

「アダム、あの子に言って、声を出さないでって」

「わ、分かったよ。メイ、声は出すな！」

「クゥーン……」

魔法で迎撃していたリンからも言われてしまえば従うしかない。

しょんぼりしながら戦うメイを見ていると、本来の戦い方が出来ず、実力が出せていないのが分かる。

ここ最近はずっとこうだし、そのせいでメイ達サーヴァントがダメージを負う事も増えてきている。

すると、治療費がもったいないだのと難癖《なんくせ》をつけられ、かと言って手を抜いても怒鳴られるという八方塞がりな状態だった。

五層までは強力なトラップもそこまでなく、モンスターも大して苦戦せずに倒していけた。

もちろん文句は散々言われたけれど。

「五層のボスはサイクロップス三体。大した事なかったな」

「バルザックさんの剣にかかれば、あんなデカいだけの一つ目なんて、余裕ですよ！」

「モニカも私も、魔力にはかなり余裕があるから、この調子でいきたい」

「前のダンジョンで手に入れたこの魔法弓、凄い威力でチョー楽しい」

ダンジョン攻略は順調に進み、第五層のボスも難なく倒した俺達は、第十層のボスフロアの前で一息ついていた。

話に聞いていた通り、第六層からはモンスターの数も多くなり、苛烈な戦闘が増えてきた。

トラップが三重になっている所もあって、先行している俺からすればかなり神経をすり減らす行程だし、メイやルクス、トリムにも対応の限界というものがある。

ある程度俺が敵を散らしても、そんな事で脅威が収まるほど生易しいダンジョンではない――なのに……

「おいアダムよぉ。てめぇ舐めてんのか？　先行させてやってんのになんで俺達の負担が増えるんだよ」

「高難度なんだから、もっとしっかりやってくれ」

「私の矢だって無限じゃないんだ。分かるでしょ？」

「アダム、ちょっとサボりすぎ」

バルザック、ジェニス、リンと俺への不満を次々に口にしていく。

「私に手伝える事があれば言ってくださいね？　取りこぼしがあれば……その」

「……ごめんよ」

皆言いたい放題ではあるが、モニカだけは少し気遣ってくれているようだ。

このS級ダンジョンでも通用するくらい、俺が強ければ、俺がもっとテイマーとして皆に追い付けるくらいの力があれば、こんな事は言われていないんだろう。

悔しいが、やはり俺の実力は皆には遠く及ばないんだ。

「よし。それじゃあ行くぞ！　ここもサクッと片付けて、目指すは最下層だ！」

バルザック達は円陣を組み、気合を入れてボスフロアへと足を踏み入れていく。

俺？　俺が円陣に入れるわけ、ないだろ。

「待て……何か変だ。リン、情報では十層のボスは」

「ジェネラルオークとその側近、のはず」

「でも、あのボスは……ギガンテス……」

「しかも二体もいるじゃない。やばくない？」

「へっ！　ギガンテスだろうがジェネラルなんとかだろうが余裕だぜ！」

ボス戦という事で、一番最後にフロアに足を踏み入れた俺にそんな会話が聞こえてきた。俺からすれば、あーそうなんだーくらいにしか思わない。なぜなら、ボス戦の情報なんて一つも教えてもらってないからだ。

体長二メートルを軽く超える巨躯《きょく》に大木のような太い腕、硬質化し所々隆起《りゅうき》した体表は頑強《がんきょう》な鎧《よろい》を彷彿《ほうふつ》させる。

ギルドの討伐《とうばつ》ランクで言えば、確実にS級に入る部類だった。

モンスターの等級と冒険者の等級は比例している。

S級冒険者が一対一で撃破出来るモンスターがS級、A級一人ならA級一体という具合だ。

また、パーティの等級も同様に、S級パーティ一つで撃破出来るモンスターがS級である。

しかし、S級の冒険者・パーティは非常に数が少なく、この王国にも十人程度しかいない。

だが困った事に世界にはS級以上のモンスターが数多く存在する。そういったモンスターはSS級、SSS級と呼ばれ、S級冒険者を軸として十人から数十人規模のレイドを組んで対応する。

でも、こっちだってS級パーティ、実力者揃いなんだ。

そう、この時まで俺はそう思っていた。

「ギャオオオォォォオオ!!」

「始まった！　やるしかない！」

「いっくぜオラアアア!!」

「いけ！　メイ！　ルクス！　トリム！　全力だ！」

「「アォオオオオン!!」」

ギガンテス二体の目が赤く光り、手にした棘付《とげつ》きの棍棒《こんぼう》を振り回して、二手に分かれたバルザックとダウンズそれぞれに突進してくる。

リンとジェニスは初手から全力で攻撃し、モニカも全身全霊で守護と回復に専念、メイ達も勇猛《ゆうもう》果敢《かかん》にギガンテスへと突っ込んでいった。

「いけるぞ！」

戦闘開始から数分、確かな手ごたえを感じたのであろうバルザックが叫んだ。

パーティの誰もが自分達の力を再度認め、勝利を予感したその瞬間だった。

「ギャイン！」

フロアを走り回り、ギガンテスの注意を引きつけていたルクスが、何もない空間で突然吹き飛んだ。

「は？」

ルクスが吹き飛ばされる所を目の当たりにしたバルザックが、緊迫した場に似合わない気の抜けた声を発し、その顔がみるみるうちに蒼白《そうはく》になっていった。

そして――叫んだ。

「逃げろおおおおおお!!」

バルザックがギガンテスの腕を渾身《こんしん》の力で押し返し、すぐさま踵《きびす》を返して走り出した。少し遅れて、同じように顔面蒼白のダウンズが続く。

「グルルル……」

「ガウゥ……」

「ガウガウッ！」

「っひ！　三匹とも退却だ！　ひけ！　勝てる相手じゃない！」

「何よ……何よあれ、あんなの聞いてないわよぉ！」

フロアの奥から聞こえる、シュルシュルカサカサという音と、周囲の空間を這《は》い回るような気配。

ズシン、ズシン、と聞こえるのは、奥から新たに現れた二体のギガンテスの足音。

しかしルクスを吹き飛ばしたのはギガンテスではなく――

「センチピードリッパー……推定、SS級……」

「オーラに呑まれるな！　みんな走るんだ！」

カタカタと小さく震えながら敵の名前を呟《つぶや》いたリンは、バルザックに手を引かれ、そのまま全力で駆け出した。

そう――奥から現れたのは、本来であればA級の冒険者数十人でかからなければ倒せないほどの大物、SS級モンスターのセンチピードリッパーだった。

十メートルはゆうに超えるムカデのような巨体が、フロア中央まで進んでくる。

無数の蠢《うごめ》く脚は全てが鋼の剣のように鋭く、よく切れる。

頭部近くにはより発達した足が十数本伸びて、俺達を切り裂こうとしている。

「キシュアアアアァァァ！」

「「グルォオオオ！」」

センチピードリッパーがまるで号令のように金切声を上げると、それに呼応するようにギガンテス達が走り出す。目標はもちろん俺達だ。

ズシンズシンと迫る足音を聞きながら、バルザック以下俺達は恐怖に震えながら、全力で来た道を駆けた。

「このままじゃ無理だぜ！　バルザックさん！　打ち合わせ通りやっちまいましょうよ！」

「しかし荷物が！」

「今荷物の心配す!?」

「ジェニスの言う通り、もっと、空気読んで、ハァ、ハァ……それより、私が持た、ないよ……」

ハンターであるジェニスはともかく、後衛であるリンとモニカは全力で走った所でそのペースをずっと保てるわけがない。

段々と遅れ始めたリンとモニカの手をバルザックとジェニスが握り、懸命に励《はげ》ましている。

「アダム！」

「なんだ！」

「足止めを頼む！」

「はぁ!?　無理に決まってるだろ！　血迷ったのか！」

バルザックがこちらをちらりとも見ずにそう言い放つので、さすがの俺も反論する。だが、どうやらそれは決定事項のようだった。

「悪いねアダム！　【ソニックアロー】」

くるりとこちらに向き直ったジェニスが、〝瞬弓《しゅんきゅう》〟とよばれるゆえんの高速射撃を二射繰り出した。

「なっ！」

狙いは——俺だ。

「あっぐ……！　ジェニスゥウ！」

両膝を射抜かれ、走る勢いのまま地面に倒れ込んだ俺は、走り去るジェニスらの会話を聞き、絶望した。

「これもバルザックの指示なんだよ！　恨むならバルザックを恨んどくれ！」

「ジェニス！　余計な事は言わなくていい！」

「別にいいじゃないさ！　あいつはもう死ぬんだ！　アダムは私達を逃がすために颯爽《さっそう》としんがりを受け持ち、果てる。そういう筋書きって言っていたじゃないか！」

「そんな。嘘だろ……！」

信じたくない言葉が頭の中にガンガンと鳴り響く。

最初から決まっていた。俺がこのダンジョンで処理される事は、初めから決まっていたようだ。

「おまけだ！　こいつもくれてやるよ！」

ダウンズが無造作に投げ捨てた、リンお手製の魔晶石《ましょうせき》が三つ赤く煌《きら》めき、中に封じられていた巨大な爆発を起こす【エクスプロード】の魔法が解き放たれる。

全てがスローに映り、爆発に巻き込まれて吹き飛ばされるメイ、ルクス、トリムの姿がはっきりと見える。

続けて崩れた壁や天井の瓦礫《がれき》が落ち、動けないまま爆風にさらされる俺の体を何度も殴打していく。

「ごふ……ぁっ」

爆風と爆炎が収まり、霞《かす》む意識の中で見たのは、ぼろ雑巾《ぞうきん》のようになった俺をふらつきながらも守るように立つ三匹のサーヴァントの姿。

そして何も言わず仁王立ちをしている四体のギガンテスとセンチピードリッパー。

「や、めろ……やめて……にげ、ろよ。なん、で……」

「「「ワォォオオオーーーン」」」

命の炎を燃やすかのような、力強い三重の遠吠えがダンジョンに響き渡った。

それに気圧されたのか、こんな惨状になった俺達に同情しているのか、ギガンテス達は棍棒を握りしめたまま動かない。

「たの、むよ、そいつ……らは、ころ……さないで」

『マスター、楽しかったよ』

『僕達を大事にしてくれてありがとう』

『最後まで一緒に戦えて嬉しかったよ。ばいばい！』

「え……？」

ギガンテス達に飛びかかる寸前、俺はメイ達の声を聞いた気がした。

そして――無情にもメイ、ルクス、トリムの三匹の首はセンチピードリッパーに切り落とされる。

「あ、あぁ……」

遠のく意識の中、切断されて地に転がるメイ達の亡骸《なきがら》に手を伸ばそうとしたが、肩から先が動かない。ちらりと見えた限り、どうやら俺の体は【エクスプロード】の直撃を受けて爆散し、頭と胴体しか残っていないようだった。

「アダムさん！　そんな、ひどい……！」

「モ、ニカ……？」

気付けばギガンテス達の前には魔法障壁《まほうしょうへき》が張られており、なぜかここにいるはずのないモニカの姿が目に入った。

「やっぱり私には無理！　見捨てる事なんて出来ない！【ヒール】！【フルケア】！【リザレクション】！　……ダメ、血が止まらない……」

「にげ……」

「嫌よ！　貴方一人救えないで何が聖女よ！　かかってらっしゃい！　私が全部倒して、アダムさんを連れて帰る！」

「む、りだ」

もはや俺に、この状況を理解出来るほどの思考能力はない。

モニカは逃げたはずだ。これは俺の幻覚なのだ。

だからきっと、障壁を破られて棍棒で殴り飛ばされるモニカなんて……

あぁ、立つな、今の一撃で全身ぐちゃぐちゃのはずだ……

腕がちぎれてるじゃないか、美人な顔が岩肌で削られて……


「よう頑張った。褒めてつかわす」


悪夢のような惨劇《さんげき》の最中、突然聞いた事のない声が聞こえ、視界が白く染まった。

「ギョアアアアア！」

「キュイイイイ！」

「おぬしら、私のご主人に何しくさらしとんじゃこんボケド畜生《ちくしょう》共があああ！」

眩《まばゆ》い光と共に現れたのは、この場に似つかわしくない豪奢《ごうしゃ》なドレスを着た女性だった。彼女はその姿からは想像出来ない啖呵《たんか》を切って、ギガンテスの一体に回し蹴りを放つと、その頭部を弾き飛ばした。

「は……？」

そこからは一瞬の出来事だった。

謎の女性は空中で踊っているかのような軽やかさで、残りのギガンテス達の頭部を一撃で粉砕。逃げようとしたセンチピードリッパーの足を鷲掴《わしづか》みにして、そのまま体を真っ二つに引き裂いた。

「あ、あれ。体が……治ってる」

謎の女性の戦闘に見入っていた僅かな間に、なぜか俺の体は治っていた。

「はっ！　しまった！　私とした事が、つい取り乱して！　お初にお目にかかります。私、龍種の頂点であり、幻獣界を統べる〝幻獣王《げんじゅうおう》〟バハムートエデンが娘、リリスと申します。この度はお目覚めになられた事を心よりお慶《よろこ》び申し上げると共に……ってちょっと待って超ドタイプ！」

「え？」

「あ、ああああ。えっと、やだカッコイイ。まともに見られないですわ」

かしこまったと思えば早口でまくし立て、そうかと思えば顔を赤くしてモジモジして……

幻獣王とか言ったか？　どこかの王族の人がなんでこんな所に？　ていうかどっから来たんだ？

「えっと、あの……リリス、さん？」

「ハイなんですか！　我が君！」

「これどういう状況、なん、ですか？　俺、確かさっき体が爆散したはずなのに……五体満足で立ってるし」

目の前がぱっと光ったらぱっと体が軽くなって意識もしっかりしてるし、これがこのリリスという女性のおかげならきちんとお礼をしなければならない。

「申し訳ございません！　お労《いたわ》しいお姿でしたので、ドカンと回復させていただきましたの。すぐに詳しいご説明をさせていただきますわ！　汚い所ですがどうぞ楽になさってください！」

「そうなのか……ありがとう。けどちょっと待ってくれ。メイ達の亡骸を」

俺はそう言って、切り飛ばされたメイ達の首を回収しようとしたのだが……

「お任せください！　我が君の手を汚すわけにはいきませんわ」

「え？」

「いつまで寝ているつもりだ下僕共《げぼくども》、しっかり起きて王に挨拶《あいさつ》せんか！」

「いやあの、寝てるっていうか、死んでるんですけ……どって……えええええ！」

なんともまぁ、不思議な事もあるもので……首がない状態のメイ達がよろよろと起き上がり、俺の前に綺麗にお座りをして並んだ。何これ怖いんだけど？

『ますた。ごめん』

『ただい、ま』

『がんば、たよ』

「しゃべっ――!?」

「この者らの魂が天界に行かず、我が君の上でぐるぐる回っていたので、無理矢理器に押し込めました」

「押し込めましたって……それに王とか我が君とか、もうどういう事だよ……」

「まずは王としての目覚め、おめでとうございます」

「だから王って……あぐっ！」

また同じやり取りをするのかと思った刹那《せつな》、頭の中に謎の声が響いた。

――オリジンジョブ【森羅万象の王《しんらばんしょうのおう》】が発現しました。

――これによりジョブ【テイマー】は【森羅万象の王】に統合されます。

――スキル：【王《おう》の意思《いし》】を会得《えとく》しました。これにより基準を満たした従者の進化を任意に行う事が可能となります。

――スキル：【王《おう》の威光《いこう》】を会得しました。これにより従者の各ステータスがプラス二百パーセントとなります。

――スキル：【徴収《ちょうしゅう》】を会得しました。従者のスキル及びステータスの三十パーセントをストックする事が可能となります。

――スキル：【分配《ぶんぱい》】を会得しました。これによりストックしたステータスを従者へ振り分ける事が可能となります。

――スキル：【多言語理解《たげんごりかい》】を会得しました。

――スキル：【万象《ばんしょう》の盟約《めいやく》】を会得しました。これによりあらゆる存在を従者として従わせる事が可能となりました。

――スキル：【冥府逆転《めいふぎゃくてん》】を会得しました。これにより理《ことわり》への介入が可能となりました。

――スキル：【パンドラズボックス】を会得しました。これにより盟約を交わした従者の存在、魂はパンドラズボックスに保存されます。

「誰の、声だ」

頭の中に流れ込む大量の情報に戸惑い、若干《じゃっかん》の頭痛を覚えながら俺はそう呟いていた。

それを聞いたリリスは顔をぱあっと輝かせ、胸の前で手を組んでこう言った。

「まぁ！　さっそく聞こえたのですね！　さすがは我が君、覚醒と同時に理の声が聞こえるなんて端倪《たんげい》すべからざるお方ですわ！」

「理の、声？」

「はい！　世界に選ばれた者のみが聞く事の出来る声です！」

「へぇ……」

リリスの話と理の声から推測するに、俺は森羅万象の王というオリジンジョブにチェンジしたらしい。

大量にスキルを会得したらしいけど、正直多すぎて覚えきれない。

さっき、唐突にメイ達の声が聞こえたのも、【多言語理解】のスキルのおかげなのだろう。

「ご理解いただけましたか？」

「森羅万象の王っていうのがちょっと分からないけど、なんとなく強くなったんだなってのは分かった」

「森羅万象とはこの世の全て、ありとあらゆるもの、という事です。となれば」

「ありとあらゆるものの王、って事か？」

「その通りです！　我が君は頭の切れるお方ですね！」

「あっはは……んなアホな……」

俺はどうやらとんでもない存在になってしまったらしい。

首なしで尻尾を振るメイ達の体を撫でつつ、俺は必死で頭を整理していくのだった。

「それでリリスさん」

「リリスとお呼びくださいな、あ・な・た。きゃっ！　言っちゃった！」

「え、えっと、リリス――はどうしてここに？」

両頬を手で挟んできゃあきゃあ言っているリリスの感情についていけず、しどろもどろになりながら質問を投げかける。

「はい！　私は父である幻獣王バハムートエデンより命《めい》を受け、森羅万象の王の誕生を待ちながら地上世界で眠りについておりました。眠り続けて幾星霜《いくせいそう》……やっと貴方様がお目覚めになられたので、大急ぎで駆け付けたのですわ！」

「その命の内容を聞いても？」

「はい！　森羅万象の王の妃《きさき》になれと！」

「なるほど、政略結婚か」

「はい！　本当は好きでもない殿方と蜜月《みつげつ》な関係になるのは嫌でしたけど、貴方様にお会いした時感じました。あぁ、この方は私の運命の殿方なのだと」

「つまり？」

「ひ・と・め・ぼ・れ！　ですわ！」

「あ、ありがとう……あの、近くない？」

ひとめぼれ、の一文字ずつを俺の胸に指で書きつつ体を寄せてくるリリスに、俺はどう対応していいのか分からず、体を固まらせる。

生まれてこの方、女性からこんなに擦り寄られた事なんて一度もないのだ。こうなるのも致し方あるまい。うむ。

「うふふ……だって惚れてしまったんですもの、妃の座は私のも・の」

「いやでもほら、お互いの事をまだ全然知らないし……！」

「これから知っていけばよろしいかと？」

「あの！　じゃあせめてお友達から！　始めませんか！」

「い・や・で・す」

「そんな満面の笑みで断らないでえええ」

まるでデスアナコンダの絡みつきのようなしつこさでアピールしてくるリリスに対し、我ながらいい案が浮かんだ。

「俺に従え！　俺は森羅万象の王だぞ！」

「あ、うぅ……強気なアダム様もまたイイ……」

「ど、どうだ？」

「仰《おお》せのままに、我が君。では早速でございますが、私を従者としてテイムしてくださいませ。そうする事でアダム様はさらなる高みへと至るでしょう」

「わ、分かった。リリスよ俺に従え！　【テイミング】！」

「アダム様の御心《みこころ》のままに」

リリスの額《ひたい》に掌《てのひら》を向けると、ドクン、と何かが繋がったような感覚があった。

「うわ……すげぇ、なんだこれ……！」

――スキル【徴収】を発動、サーヴァント【リリス】のステータスの三十パーセントをストックします。このストックは分配しない限り王のものとなります。

「力が……数倍、いや数百倍にも上がった気がする」

「私はこう見えても幻獣王の娘、教養にもボディにもステータスにも自信がございます」

「あ、うん……！　ボディはちょっと置いといて、いやほんと凄い！　これで三十パーセントなのかよ」

「お褒めにあずかり恐悦《きょうえつ》至極《しごく》にございます」

『ますた、わたしたちも』

『つよくなりたい』

『もう、まけたくないよ』

「お前ら……」

俺が感傷に浸っていたら、リリスがうんうんと頷《うなず》いて指をパチン、と鳴らした。

「強くなりたい、か。よかろう！　私がその願い叶えてやろう！　特別だからな？」

「え、ちょ！　何してんの!?」

すると、メイ達の体がどろりと溶けて合わさり、スライムのようにモゴモゴと蠢き始めたのだ。

何これ怖い。

「マジで何してんの⁉　溶けたよ⁉」

「大丈夫ですアダム様、この下僕達はこれで強く生まれ変わります！」

「ほんとかよう……」

大事な相棒達が、スライムみたいに溶けてどろりどろりと蠢く様を見せつけられているのだ、とても安心出来るような状況じゃあない。

ハラハラしながら事の成り行きを見守る事数分、不定形のドロドロが段々と形になり始めた。

そして——

「おお……！」

「どうですか？　一応この子達のリクエストはきちんとヒアリングして、反映しました！　出来た嫁だと思いませんか？」

「あ、あぁ、そうだな。凄いよ」

「ツシャア！」

小さくガッツポーズを決めるリリスを横目に、目の前で形成されていくメイ達だったモノを凝視《ぎょうし》する。

足先から肩までは約百五十センチくらい、そこから伸びる首と頭を入れればもっとデカい。全身が黒い毛並みで覆《おお》われ、首から胸元にかけて茶色い模様になっている。

雄々《おお》しく立つ体躯《たいく》は逞《たくま》しく、筋肉がはち切れんばかりに詰まっているのが見ただけで分かる。

そして、注目すべきは……肩口から伸びる三本の首と頭だった。

「なぁ、リリス、これってまさかさ……ケルベロス……ってやつか」

「そうです！　地獄《じごく》の番犬、ケルベロスでございます！」

『マスター！』

『我ら！』

『完全なる！』

『『『復活を!!』』』

「メイ！　ルクス！　トリム！」

三位一体《さんみいったい》のサーヴァントとなったメイ達が俺に駆け寄り、グリグリと体を擦り付けて、太い尻尾をちぎれんばかりに猛烈に振っている。

予期しない斜め上の復活だったけれど、俺的にはコイツらが戻ってきて、また一緒に生きていけるだけで満足だった。

一度は諦めた人生と相棒だったけれど、メイ達の体を撫で、抱きしめていると自然に涙が溢れてきた。

「めいいぃ……るぐずぅ……どりむうう！」

『マスター！』

『マスター！』

『マスター泣かないで！』

「ううっ……いい話ですねぇ……」

なぜかリリスまでも瞳を濡らし、小綺麗なハンカチで目元を押さえていた。

ひとしきり抱き合っておんおんと泣いた後、俺はもう一つの大事な事に目を向けた。

「モニカ……」

生贄《いけにえ》として葬《ほうむ》りさられようとした俺を助けるために、たった一人で戻ってきてくれたモニカ。

僅か数分で蹂躙《じゅうりん》され、無惨な死を遂げた彼女だが、その数分がなければリリスは間に合わなかっただろうし、俺も、メイ達も死んでいた。

下半身は握り潰され、腕は引きちぎられたのか一本しか残っておらず、天使のような美貌《びぼう》は見る影もない。

壁に寄りかかるような姿勢で事切れている、彼女だったモノに手を合わせる。

そしてこの時、可能性は限りなくゼロに近いけれど、こんな惨状でもモニカを助けられる方法を俺は思いついた。

「なぁリリス」

「お呼びですか!?　なんでしょうアダム様！」

「俺のスキル、【冥府逆転】を使ってモニカを、この亡骸の子を、蘇《よみがえ》らせる事は可能か？」

「えぇ……なんという……」

「やっぱり無理か……」

「いえ、無理ではないのですが……矮小《わいしょう》な人間一体を救おうとするなんて、慈悲深いお方だと感銘《かんめい》を受けていました」

「矮小とか言うな……一応、元仲間、だからな。でも本当か？」

「はい。アダム様のお力をお借りすれば可能です、しかしこの子はアダム様の従者、サーヴァントとなりますが……」

「なんだとぅ」

「ここまで損壊していると、恐らく魂もかなりすり減っています。よろしければ私の方で補填《ほてん》させていただいても？」

「構わない、モニカは俺を助けてくれた。なんとしてでも救いたい」

「分かりました。ですが、先に謝罪を。アダム様を全快させたのと、犬共を復活させた事で、眠りについていた際に溜め込んでいた力を使い果たしてしまいまして……今の私では、このくらいのお力添えしか出来ず、申し訳ございません」

「いや、十分さ。ありがとう。そのおかげで、俺もメイ達も助かったんだ。その上、身を挺《てい》して俺を庇ってくれたモニカも救う事が出来る」

「光栄ですわ」

リリスはそう言ってはにかむように笑った。

モニカの力ですら癒せなかった俺の致命傷を、瞬時に全回復させ、尚且つメイ達を新たな存在として復活させた。

リリスが規格外な存在である事は、間違いないだろう。

「では、早速始めます。アダム様、私の手を握って、意識を集中してください」

「分かった、頼む」

差し出されたリリスの掌を強く握り、俺はただ祈った。

俺の手を握り返したリリスは深く息を吸い込み、意識を集中させているようだ。全身が淡《あわ》く光り、腰まであるプラチナブロンドの髪が波のように揺らめいている。

死んでしまった者を蘇らせる事は決して出来ない。

しかしながら、俺の中にあるスキル【冥府逆転】。理への介入という、聞いた事もなければ、使い方も分からないスキルだけど、俺の中の直感が「使え」と命じている気がしたのだ。

リリスは目をつぶりながら小さく何かを呟いているが、恐らく魂の補填というやつなんだろう。

これでモニカが復活した場合、俺のサーヴァントになるらしいけれど、俺はそのまま解放するつもりでいる。

人間を従えるつもりはないからな……ましてや、散々お世話になった聖女様を従えるなんて、恐れ多くて俺の心が持たないよきっと、うん、ほんとに。

「アダム様、スキルの発動を」

「よし、【冥府逆転】！」

「ヒヒィイーーーン！」

「は？」

えっ何、ちょっと待って、今、馬の鳴き声聞こえたぞ。

俺は確かに聞いた、そして見た。半透明の一本角の馬がモニカの遺体に溶け込んでいくのを、しっかりとこの目で見た。あの馬の姿ってやっぱりアレだよな。補填てまさか、アレとモニカの魂を融合させたってのか？

スキルを発動しながらも、俺の頭の中は軽いパニックになっていた。

しかし、スキルはうまく作用しているらしく、目の前でモニカの遺体がみるみる修復されていく。

そして数分後、モニカは地面に横たわり、静かに呼吸を始めたのだった。

――【モニカ】をサーヴァントとして使役可能となりました。スキル【王の威光】により【モニカ】のステータスが上昇しました。スキル【徴収】によりモニカのステータスがストックされました。

成功だ！

「やっ、た……！　よし！」

「ワォーーーン！」

「おめでとうございますアダム様！　覚えたてのスキルをすぐさま使いこなすなんて、さすがは王！　もう私メロメロですわ！」

「メロメロて……なぁリリス、あの馬ってさぁ……ユニコーン、だよな」

「はい！　仰る通りです！　魂の補填として、幻獣界よりユニコーンの魂を召喚しました！」

「やっぱりかあああ！　って事は何か⁉　モニカはユニコーンと人のハーフになっちゃったの⁉」

「まぁ、魂が、ですけれど……あいにくこの方の魂に適合するのがユニコーンしかおりませんで……ダメでしたか？」

「それによって何か行動とか意識とかに変化は起きないか？」

「そこは大丈夫です！」

「ならいいんだけど……ん？　この杖は……？」

すぅすぅ、と寝息を立てるモニカの体の陰に、一本の錫杖《しゃくじょう》が隠れているのを見つけた。

地は白く、所々に金の紋様《もんよう》やラインが刻まれていて、意匠《いしょう》は豪奢だがスッキリとした、どこか高貴さを感じさせるものだった。

「これはユニコーンの魂の残滓《ざんし》が物質化した物ですね。ユニコーンズホーンとでも名付けてあげましょうか」

「ユニコーンズホーン……そしたらモニカは聖女だし、聖杖《せいじょう》ユニコーンズホーンにしよう」

「とても良いネーミングセンスです！」

聖杖ユニコーンズホーンはモニカの専用武器になり、さらに聖なる力を高めてくれるだろう。

それと……このギガンテスとセンチピードドリッパーの死体はどうしよう、センチピードドリッパーの甲殻《こうかく》や脚は一級品の素材だし、ギガンテスの外殻や骨も色々と使い道があるはずなんだよな。

持てるだけ持って帰ろうかな？

とか考えている時、またしても理の声が聞こえた。

――スキル：【王《おう》の宝物庫《ほうもつこ》】が解放されました。

「うん。なんとなくこうなるんだろうなって思ってたよ」

直感の赴くままに宝物庫を発動すると、センチピードリッパーとギガンテスの下に黒い渦《うず》のような穴が開き、そのまま死体を呑み込んでいった。

ついでに俺を捨てたバルザック達の荷物も宝物庫に投げ込んでおいた。

そして未だ目を覚まさないモニカを、大きくなったメイ達の背中に乗せて、S級ダンジョン、葬滅の大墳墓を後にしたのだった。

第二章　決別

「ダウンズ！　右からも来るぞ！」

「くっそぉ！　次から次へと雑魚共が！」

俺、バルザックが率いるラディウスは、葬滅の大墳墓を脱出するため走り続けていた。

「ジェニス！　矢を惜しむな！」

「はいよぉ！　帰ったらたかってやるからな！　バルザック！」

「リン！　魔力残量と配分に気をつけろ！」

「言われ……！　なくても！」

俺は焦っていた。いざとなったら雑用のアダムを生贄にして逃走する、というプランは前からパーティ内で決めていた事だった。

元々パーティメンバー達はアダムの事を快《こころよ》く思っていない。というよりも、そうなるように俺が仕向けていた。

ダウンズは頭が悪い分扱いやすい。強い者には弱く、弱い者には強く出るという卑怯《ひきょう》な男だ。俺が黒だと言えば、それが白でもダウンズは黒だと言うだろう。

リンは頭は良いが幼く、その点で誘導する事は簡単だった。

ジェニスは元々俺に惚れ込んでいるため、俺に反対する道理がない。ただ計算外だったのはモニカの存在だった。

聖職者らしく堅物な彼女は、神がどうこう、良心がどうこうと猛反対をしてきたのだ。

結局、アダムを生贄にした直後、モニカは俺の制止も聞かずにすぐさま引き返していった。そしてその反動が今まさに来ている。

回復と補助の要であったモニカの抜けた穴は非常に大きい。

高難度のダンジョンで、回復役のヒーラーやプリーストがいないなど前代未聞だ。

回復アイテムもあるにはあったが、それも全てアダムと一緒に捨ててきてしまった。おかげでまだ地下七層だというのに、メンバーは回復も出来ずボロボロの状態だった。

今までは先行させていたアダムにより、ある程度戦闘は回避出来ていた。だが今はそれもない。

「ちくしょう！　ふざけやがって！」

眼前のモンスターを叩き切りながら、俺は思わず怒号《どごう》した。

実の所、アダムと俺は同じ村の出身だった。

アダムは幼い頃からモンスターと仲が良く、よく一緒に野山を駆けていた。

俺は剣の道場に通いながら、高い俊敏性《しゅんびんせい》を持ち、モンスターを従えるという特異な事をしている
アダムに、純粋な好意と軽い尊敬を向けていた。

武者修行のために村を出た俺は、数年後に王都で栄誉《えいよ》ある王国軍戦士長に任命される事になる。

そしてその頃に詐欺《さぎ》にあい、一文無しになって困っているアダムと再会し、パーティに誘った。

俺は奴を覚えていたが、奴は俺の事を覚えてはいなかった。それがとても腹立たしく、苛立《いらだ》った。

紆余曲折《うよきょくせつ》を経て、戦士長の座を引いた俺は冒険者となり、ラディウスを立ち上げた。

始めの頃は軽い悪戯心《いたずらごころ》だったアダムへの冷たい対応は、いつしか定着し、俺はそれを利用しパーティの底辺である雑用係としてこき使った。

アダムの役割を俺は理解していた。しかし、ここまで影響があるとは予想もしていなかった。

だが、短期間でS級パーティまで上り詰めたのは、決してアダムだけの力ではない、俺達の力であり、努力の結果なのだ。

奴がラディウスの大黒柱《だいこくばしら》だったなど認めてたまるか。

怒りと悔しさをぶつけるように俺達はダンジョンを駆け抜けていき、結局満身創痍《まんしんそうい》で葬滅の大墳

墓から脱出したのだった。

◇　◇　◇

「なぁリリス、頼むから変な真似しないでくれよな」

「何を言うのじゃ？　妾《わらわ》は至って真面目じゃぞ」

葬滅の大墳墓から脱出し、俺とリリスはのんびりと王都へ戻ってきた。そして今、冒険者ギルドの近くの路地裏で最後の確認をしている。

「その口調は？」

「父バハムートエデンより、下々の前に出る時は毅然《きぜん》とし高貴であれ、と口酸っぱく言われておるのでな！」

「そういう所だよ」

「はぇ？」

誇らしげに胸を張り、絵画から飛び出して来たかのような美貌で首を傾げるリリスは、文句なしに可愛い。

すれ違う人すれ違う人が振り向いてしまうくらいだ。

俺は思わず鼻の下が伸びそうになるのをぐっとこらえ、真面目な顔でリリスの目を見る。

「人間を下々とか言っちゃダメなの、分かる？」

「じゃが……」

「じゃがもイモもない。俺の言う事を聞いてくれないのか……？」

「聞きます聞きますわんわん！」

「オンオンオン！」

俺がちょっと悲しそうな顔をして目線を落としてみると、リリスは掌を返してわんわん言い出した。

その様子に驚いたメイ達も、釣られてわんわん言い始めた。

「わんわんて……」

「このケルベロスもよくわんわん言ってるし、アダム様はケルベロスには甘々だし、私もわんわん言えば甘々してくれるかなぁって」

「そりゃケルベロスのメイ達と龍人のリリスは違うだろ……っと話がズレたけど、人間を見下す発言はなしだ。それと俺の事は様付けしないでいい。変な目で見られそうだし！　なんならずっと黙っててもいいからな！」

「アダム様がそう仰るのであれば……」

「様がついてるもう一回」

「うう……アダムさん……ま」

「誰がサンマか」

「ひぇえアダムさんんんん」

「それでよし」

「妻である私が夫をさん付けなんて……父に見られたらシバキ倒されますわ……」

「いやむしろさん呼びの方が多いから！　ってかまだ妻じゃにゃい！」

「あら、にゃいですって可愛い」

「揚げ足取るのはいいんだな！」

こんなやり取りをしていると、背後からおずおずと声が聞こえた。

「あの……アダムさん……？」

「はい？　あ、モニカ、おかえり。どうだった？」

「使いご苦労、控えてよし」

「おいリリス、やめろ」

「ふええんごめんなさいアダムさんんんん」

「あ、あはは……お元気ですねリリスさん……」

モニカは、葬滅の大墳墓を出て数時間してから目を覚ました。

初めはかなり混乱しており、センチピードリッパーに蹂躙される光景がフラッシュバックしたのか、取り乱して大変だったが、今はなんとか正気を取り戻している。

そんなモニカには、冒険者ギルドの様子をこっそり見てきてもらったのだ。

「それでどうだった？」

「……私達のお別れ会をしていたよ。ギルドの前にもしっかりモニカ、アダムのお別れ会って垂れ幕があったわ。私達が帰るまでに多少日数の差があったにしても……仕事が早いギルドね」

「バルザック達も俺達が生きてるだなんて思ってもないだろうな」

「私が生き返ったのはアダムさんとリリスさんのおかげ……感謝してもしたりないわ」

「俺は何もしてない、助けてくれたのはリリスだ」

「違います！　アダム様さんが王としてお目覚めになられたからこそ！」

「王、か……まぁそれは置いといて、あいつらの鼻っ柱を折りに行こうか！」

「はい！」

「アダムさんまを裏切った奴らがどんな顔をするか楽しみね！」

「ウォウオウウ！」

「だから誰がサンマだ」


俺達は意気揚々《いきようよう》とギルドの扉を開け、事務処理をしていた受付嬢のシムスへ明るく元気よく声をかけた。

「やぁ。ちょっと聞きたいんだけど、アダムとモニカのお別れ会ってまだやってる？」

「え……あ、はい……ってぇぇええあああだアダムさん⁉　なんで⁉」

下を向いていたシムスは俺の顔を見るなり飛び上がって、俺が思っていた通りのリアクションを取ってくれた。

「なんでって生きてるから？」

「ほ、ほほほほんとにアダムさん!?」

「おい！　アダムさんがいるぞ!?」

「マジか!?　名誉の死を遂げたとか言っていたのに！」

シムスが大声で騒ぐものだから、奥の扉――恐らくあの奥の部屋で俺達のお別れ会をしてるんだろう――から出てきた冒険者達まで騒ぎ出した。この反応も織り込み済みなんだけどね。

「アダムさん！　俺ァ信じてましたよ！」

「嘘つけ！　コイツ、アダムさんの事好き放題言ってましたぜ！」

「おいてめぇふざけんな！」

「モニカさん！　あぁ俺の天使モニカさんだ！」

「ちょっちょょっと待っててくださいね!?　マスタああー！　アダムさんとモニカさんがあああ！」

シムスは一気に騒がしくなったフロアで一段と騒がしく喚《わめ》きながら、奥の扉を蹴り飛ばして中に飛び込んで行った。

そして数分後、扉からワラワラと人が飛び出してきて、俺達はあっという間に囲まれてしまい――

「アダム！　生きててくれたのか！」

「あぁ。おかげさまでな」

白々しいセリフと態度で、バルザックが俺の前に出てきた。その後ろには憎《にくにく》々しい面々がいる。

「おいアダム！　俺らの荷物はどこだ？」

「は？」

「あ？　は？　とはなんだ。てめぇ調子乗ってんのか？」

とまぁこんな具合でいつものようにダウンズが凄んでくるが、コイツはもはや仲間でもなんでもないし、元々好きでもない。

自分がトドメの魔晶石を放り投げたくせに、荷物の事を聞いてくるなんて……俺がここにいる事で立場が逆転していると分からないくらいには、ダウンズの頭は筋肉で埋め尽くされているらしい。

「ダウンズ、黙ってろ」

「いいや黙れないねバルザックさん。こいつはちょっと勘違いしてるみてぇだ」

「勘違いしてるのはお前だよ、ダウンズ。死んだはずの俺がここにいる事がどれだけお前達に都合が悪いか、分かってないみたいだな」

ダウンズ、お前いくら脳筋だとしても、もう少し頭を使った方がいいと思うぞ。

「んだと……？　どういう意味だ！」

「もう一度、ちゃんと話を聞こうじゃないか」

ここまで言っても理解しないダウンズの肩を叩き会話に割り込んできたのは、ギルドマスターであるグラーフだった。

「バルザック君、確か君達はこう言ったね。モニカはフロアボスに一刀両断され、さらにアダムは【エクスプロード】の魔晶石により自爆を図り、君達の逃走を手助けした。名誉ある死をギルド全体で悲しみ、英雄として伝えていきたい、と」

なるほど、そういう筋書きになっていたのか。

グラーフに睨みつけられたダウンズは、舌打ちをしてバルザックに目で助けを求めた。

しかしバルザックは無言で首を振り、顔面蒼白になっていた。それはリンやジェニスも同じだ。

おおかたダンジョン内での死体の確認が不可能なのをいい事に、グラーフに嘘の説明をしたのだろう。だがしかし、俺とモニカはこうして無事に帰ってきてしまった。

つまり、虚言《きょげん》、偽りの申告だというのは誰の目にも明らかだった。

しん、としたフロアに集まる数十人の冒険者の蔑《さげす》むような視線が、ラディウスに突き刺さる。

「アダム君、モニカ君。実際の所は……どうなんだい？」

「はい、グラーフさん。実は……」

「おいアダム！　てめぇ分かってんだろうな！」

「ダウンズ君は黙っていてくれたまえ」

「チッ……！」

物凄い形相《ぎょうそう》で睨み付けるダウンズをグラーフが制し、俺は葬滅の大墳墓で起きた一幕を語った。

話の中でモニカは最後の瞬間を思い出したのか、小さくカタカタと震え、涙ぐんでいた。

リリスは部屋の片隅で大人しくしてくれているけれど、瞳は怒りに染まっており、すぐにでもダウンズへ飛びかかっていきそうだった。

「なるほど……これは、重罪だな」

「なんでだよ！　仕方ない事だったんだ！　そうだろアダム！」

「バルザック君、ダウンズ君を少し黙らせてくれないか？」

「申し訳ありません……ダウンズ、ホントに少し黙っていろ」

「クソがっ！」

この期《ご》に及んで悪態をついて椅子を蹴り飛ばすダウンズは、ある意味凄いとは思う。だが、この恐れ知らずな性格では、長生きは出来なそうだな。

「バルザック君、君達にはしばらく謹慎処分を言い渡す。反省し、正式な処分を待ちたまえ」

「分かり、ました」

ひとまずここでの話は落ち着いたと思い、俺は話題を切り替えた。

「葬滅の大墳墓で得たアイテムや素材はギルドに寄付します」

あの時ゲットしたアイテムや素材、捨てようかとも思ったけど……コイツらの目の前でギルドに寄付すれば、それなりに気分も晴れるかもしれないと思って持ってきたのだ。

「いいのか？」

「構いません、俺には使えない物ばかりですので」

「ならば……アイテムは買い取らせてもらおう」

「そうしてくれるとありがたいです。元は捨てようと思っていた物なので。あぁ、あとこの装備も良かったら買い取って貰えませんか？」

鬼岩窟でバルザックから貰った鬼王の胸当てを、拳でコンコンと叩き、グラーフを見る。

「鬼王の胸当てというレア装備だとバルザックに聞いたんですけど……ダメですか？」

しかし、グラーフの返答は驚くべきものだった。

「何……？　いや、申し訳ないが……その胸当ては市販品の、初心者向けのアイアンプレートだ。買い取る事は出来ない」

「えっ……そんな……」

衝撃の一言に俺は思わずバルザックを見るが、当の本人は一向に目を合わせようとしない。

なるほど、初心者向けの市販品をレア装備だと言ってたって事か。見抜けない俺も、馬鹿だな。

ダウンズを見れば、下卑《げび》た笑いを浮かべて俺を見下すように見つめている。内心ではさぞかし大笑いしている事だろう。

ホント、なんで俺はこんな奴らのために……本当に馬鹿だった。

「アダム君、すまん……」

グラーフが本当に申し訳なさそうに頭を下げてくれた。

悪いのはグラーフではなく、無知な俺だ。

でも、そんな俺を笑う者は、ダウンズを除いて誰一人いなかった。

むしろ、フロアにいる全員が、軽蔑《けいべつ》の眼差《まなざ》しをラディウスに向けていた。

「S級パーティだからって、良いチームとは限らねぇんだな」

「しっ！　聞こえるぞ！」

「憧れてたのに……ただのゴミじゃん」

「俺の天使モニカさんを見捨てるだなんて腐りきってやがる」

ヒソヒソ話は徐々に広がっていき、明らかに聞こえる声で非難する人も出てきた。

「いえ、いいんです。それじゃ買い取り出来る物だけよろしくお願いします」

「分かった。ところで……君のサーヴァントが変わっているようだが？」

「コイツらは……変わってませんよ。ちょっと融合しちゃっただけなんで」

「それは充分変わったと言うんだ……一体何が起きたというんだ？」

「あはは……まぁ、それはおいおいお話ししますよ」

「分かった」

「メイちゃん達が融合……ですか……にわかには信じられませんが確かにこの顔はメイちゃん達ですよね……」

「「「クゥーーン」」」

シムスはメイ達の頭を撫でくり回しながら、摩訶不思議な物を見るかのようにメイ達の瞳を覗き込んでいる。メイ達は特に気にする様子もなく、空気の抜けるような鳴き声を発した。

「まさかケルベロスになっちゃうなんて……びっくり山を越えて地平線ですよ」

「ごめん、ちょっと何言ってるか分からない」

「それくらい驚いてるって事です！　もう！　でも、この子達の呼び名ってどうするんですか？」

シムスは少しも怖がるそぶりを見せないで、メイ達の頭の一つを撫でた。

「それならもう考えてある」

「さすがアダムさん！　相変わらず仕事が早いですね！」

「そうかな？」

「はい！　私は常々思っていましたよ？　細かい所にも目が向くし、気配りも上手だし、何より優しいですし」

「それ仕事が早いうんぬん関係ないんじゃ……？」

「いーんです！　さ！　メイちゃん達の新しいお名前を！」

シムスの勢いに押されながらも、俺は考えていた、メイ達の新たな名前を発表する。

「メイ、ルクス、トリム、三位一体〝メルト〟だ！」

「三位一体メルトですね！」

「違うそうじゃない」

「あはは！　冗談ですようもうー！」

『我が名はメルト！』

『地獄の番犬！』

『だが実際は！』

『『『マスターの番犬！』』』

「分かったから……元気だなぁほんと」

どうやらメルトの言葉は俺とリリスにしか理解できないらしく、他の人にはワンワン、としか聞こえないみたいだ。

『理由は分からないけど』

『体の中から』

『力がごっぽごっぽと湧いてくる！』

『『我ら！　三位一体！　けるべろしゅっ！』』

「噛んだな」

『噛んでないよ！』

『噛んだのはメイ！』

『違うよ！　ルクスだよ！』

「はいはい、もう少しだから大人しく待ってような」

『『は～い』』

【多言語理解】で、メルトが何を考えて何を言っているかが理解出来るようになったはいいが……よく喋るんだなぁ。

前からこうだったのか、ケルベロスになった事でお喋りになったのか……ま、可愛いからいいんだけどな！

◇　◇　◇

アダムとあいつが連れてきた女が部屋を出た後、グラーフが冷たい目で言った。

「さて……バルザック君。もう少し君に聞きたい事が出来た」

俺は観念して目を伏せる。

「……なんでしょうか」

「君はアダム君に正当な報酬を渡していないばかりか、嘘をついて最低ランクの装備しか渡していなかったようだが？」

「それは……」

「俺が代わりに答えるぜ、グラーフさん」

俺がゆっくりと口を開《ひら》いて問いに答えようとした時、ダウンズがなぜか勝ち誇ったように割り込んできた。

「おい！」

「任せてくれよバルザックさん。俺に考えがある」

「聞かせてもらおうか、ダウンズ君」

ダウンズは俺の制止も聞かず、堂々とした態度でグラーフに向き直り、こう言った。

「アダムは……えーとアレだ。雑用係兼荷物持ちみたいなもんなんだ。戦闘も犬っころ任せで、ボケッと見てるだけで何もしない役立たずだ。そんな奴に高い装備なんて預けられるわけがないだろう？」

「……馬鹿……」

「ほう……？　雑用と荷物持ち、役立たずか。なるほど」

俺が呆れて呟くのと、グラーフの眉がピクリと動くのはほぼ同時だった。グラーフの表情も読めないダウンズは、返答が良いものだと勘違いしてさらに話を続ける。

「ギルドマスターであるあんたなら分かるはずだ。前衛の戦闘がいかに厳しく激しいものかを。俺達の戦う相手は並じゃない。それに他のメンバーだって俺やバルザックさんほどではないが、それなりに大変な思いをして戦っているんだ。ならそっちに金や装備を回すべきだろ？」

「ダウンズ君の言う通りだな。前衛は確かに激しいぶつかり合いをする。その分装備の損傷も激しいだろう」

「そうだろ⁉　なら！」

「ならばなぜ、君は戦闘中のアダム君の動向《どうこう》を把握《はあく》しているんだ？　重戦士ともなればパーティの壁、一時たりとも敵から視線を外せないはずだが？　それとも君は戦闘中に余所見《よそみ》をしてパーティを蔑ろ《ないがし》にしているのか？」

「えっ⁉　いや、それは……」

「おかしい。実におかしいな。戦闘中に何もしていないと断言するのは……アダム君の行動を逐一《ちくいち》見ていなければ出来ない事だ」

「で、でも……！」

「前衛だけが危険、みたいな事も言っていたな？　俺やバルザックさんほどではない、だったか？　ダウンズ君、君は敵がいつもご丁寧に、前からだけ来ると思っているのか？」

「い、いつだってそうだったんだから当たり前だろ！」

「この大馬鹿者がぁ!!」

しどろもどろになっているダウンズに、グラーフの怒声が飛んだ。

グラーフは明らかに激怒しており、ここまで声を荒らげる姿など、この場に居合わせた冒険者達の誰も見た事がないだろう。

張り詰めていた空気がさらにピンと張り、ダウンズですら気圧《けお》されてしまっている。

「君達は、アダム君が、テイマーがいつも何をしているのか、理解しているのか?」

「自分に戦う力がねぇから……犬ころに頼ってるんだろ」

「……バルザック君は分かるか?」

「索敵、ダンジョンでの先行、ヘイト調整……など、だ」

ダウンズが悔しそうに絞り出した答えは完全に無視され、続いて俺が、アダムのやっていた事を小さな声で答える。

「分かっているじゃないか。先行だ。言ってみれば前衛の前衛。バルザック君やダウンズ君よりも先に危険と直面する立場にある。そして索敵とヘイト調整、これによりテイマーがいるパーティは他のパーティと比べて敵との遭遇率が非常に低くなり、奇襲をされにくくなる。君達の敵がいつもご丁寧に前から来てくれたのは……アダム君とサーヴァント達が必死にコントロールしてきたからだ。そんな危険と隣合わせのメンバーの装備を初心者向けの市販品だと? そんな装備でもあの葬滅の大墳墓を潜《くぐ》り抜《ぬ》けたアダム君は、本当に役立たずなのかな?」

「な……いや、でも……バルザックさん! バルザックさんも言ってやってくださいよ!」

「もうやめろダウンズ、これ以上、ラディウスの名に泥を塗るな」

ダウンズは完膚なきまでに論破され、俺に助けを求めるも、俺は無言で首を横に振る。

「バルザック君、君達の規定違反やハラスメントなどの処分は追って通達する」

「分かり……ました」

「くそ……！　俺は悪くない！　アダムの分際で……！」

グラーフの決定に俺は素直に頭を下げたが、ダウンズの顔は憤怒《ふんぬ》と憎悪の色に染まりきっていた。


「バルザックさん……」

「モニカ……」

俺がギルドを出ようとした時、モニカがおずおずと話しかけてきた。

「私……その……ラディウスを抜けたいと……思います」

「……そうか」

「待てよモニカ！　お前がいなくなったら誰が回復とかするんだよ！」

「それは……」

先ほどの興奮冷めやらずといった表情で、横からダウンズが会話に割り込んできた。

それに対し数秒ほど俯いていたモニカだが、勢いよく顔を上げ、意志の強い眼差しをダウンズへ向けて言った。

「私はもう嫌です。大事な仲間を蔑ろにする貴方達とはもう、一緒に戦いたくありません。いつか私もそうなるのでは、と思ってしまいます。回復系は他の方を当たってください。もっとも、この騒動が知れ渡り、それでもラディウスに入りたいという方がいらっしゃったらの話ですけれど」

「ぐ……」

「ダウンズ、いい加減にしろ」

「なのでバルザックさん、私は抜けます」

「分かった。好きにしろ」

「今までお世話になりました」

モニカの別れの挨拶を聞き、俺はギルドから静かに出る。他のメンバーも俺に続いた。

会話の最初から最後まで、モニカと目を合わせようとしなかった俺。一度も口を開かずに俯いていたジェニスとリン。苛立ちを隠そうともしないダウンズ。

そんな俺達を、モニカは深いため息を吐きながら見つめていた。

「ごめんなさい。貴方達を止められなくて。導けなくて、ごめんなさい」

モニカが頬を一筋の涙で濡らし、消え入りそうな声でそう呟いたのが微《かす》かに聞こえた。

◇◇◇

「モニカさん……いい判断だと思いますわ」

宿に戻り、自らの不甲斐なさに落ち込む私の背中を、リリスさんがねぎらうように撫でる。

「リリスさん」

「あんな愚劣《ぐれつ》な魂を持つ人間共など、共に戦うに値しないわ。それに……貴女の魂が汚れる」

「……はい」

「もう分かっているとは思うけど、貴女の魂は半分人間じゃない」

「ええ。そうですね。ユニコーン様の聖なる力を感じます」

「ユニコーンは高貴で清らかなものを好む幻獣、もし貴女が汚れた行いをし、魂を汚す事があればユニコーンの魂は衰《おとろ》えていく。それが続けば」

「死、という事ですか」

「そうよ。貴女が生き続けるには、清らかであり続けなければならない。でもいいじゃない？　貴女は聖女と呼ばれているんでしょう？」

「周りが騒いでいるだけです……」

「ならなればいいじゃない。世界一の聖女に。貴女の気高い意識とユニコーンの力があれば……それも可能よ」

「世界一の聖女……ですか」

「そう。迷える者達を導き、邪《じゃ》を滅し清浄《せいじょう》なる輝きで世界を照らす。ま、敵は増えるけどね」

「う……脅《おど》かさないでください……」

「事実よ。強い力を持つ者は大抵狙われるもの。妬《ねた》み、欲望、憎しみ、エトセトラエトセトラ……人間とはそういう生き物なのだから。貴女もそれは分かっているでしょう？」

「否定は出来ません」

「なら、自分の進むべき道も、分かるわね？」

「はい。そのためにも私は一度クレセント聖教会本部へ帰りたいと思います」

「そう」

「本当はアダムさんとご一緒したい所ですが、ラディウスを抜けた事のご報告と、大教主様やその他の方々ともお会いしなければなりませんし……」

「めんどくさいのね」

「うふふ……はい、めんどくさいんです」

そんなやり取りに私は手を口に当て、クスクスと小さく笑った。

「やっと笑ったわね」

「え？」

「貴女、今までずっと険しい顔していたのよ？　それこそ、この世の終わりみたいな」

「……色々と考えていましたから……」

「そうね、色々あったものね。ほら、ちょうどアダム様も、買い出しを終えて帰ってきましたわ」

話が一段落した所で、リリスさんはえへへとだらしない笑みを浮かべて、こちらに手を振るアダムさんに手を振り返す。

そんなリリスさんの横顔を見て、私はふぅと息を小さく吐き出した。

「今までの凛々《りり》しさはどこへやら……でも、ありがとうございます、リリスさん」

こぼれそうになる涙をゴシゴシと拭い、私も小さく手を振ってアダムさんを迎えた。

第三章　それぞれの道

「それじゃあ、アダムさん、リリスさん、メルトちゃん、お元気で」

「うん、モニカも」

「困った事があればすぐに駆け付けるからね、アダム様が」

「そんときゃリリスも一緒に来い」

「わんわん！」

王都外壁の門前にて、一度教会本部に戻るというモニカを見送る、俺とリリスとメルト。

メルトは大きくなった体を揺すり、別れを悲しむように全身をモニカに擦り付けている。

モニカは聖杖ユニコーンズホーンを握り、首元でリリスからの餞別《せんべつ》のネックレスが光を浴びて輝いている。

「モニカさえ良ければ……また一緒に冒険しよう」

「はい！　喜んで！　落ち着いたらギルドの方にお便り出しますね！」

「ああ。待ってるよ」

「それじゃ……行ってきます！」

「行ってらっしゃい」

差し出された手を固く握り、離す。

教会本部までは結構な距離があり、女性の一人旅は危険だと言ったのだけど……

「私は腐っても元S級パーティメンバー、そこらの荒くれ者に遅れは取らないわ。それにユニコーン様の加護もあるしね」

と言って笑っていた。

モニカの魂と融合したユニコーンの魂の影響は顕著《けんちょ》に表れており、モニカ自身からこう、なんと言うか、高貴なオーラというか、優しい威圧感のようなものが放たれている。より一層聖女の力が増したように思える。

そしてそのオーラのおかげで見た目の美しさにも拍車がかかり、歩く美術品のようだった。

エルフには会った事がないけど、今のモニカのような美しさなのだろうか、と去っていくモニカの背中を見つめながら、そんなくだらない事を考えていた。

「アダム様……」

「ん？」

「寂しいかとは思いますけど、そばにはこのリリスがおりますからね！　いつでも寄りかかってくれていいんですからね!?　今でもいいですよ？」

「ちょっちょちょ！　人が見てるから抱きつくのはやめてくれ！」

「んもう、アダム様ったらシャイなんだから」

「常識の問題だっつの！」

「あいたっ！　何もチョップする事ないじゃないですかー」

横から急に抱きついてきて、せがむように唇を突き出してくるリリスの額にチョップをかまし、怯んだ隙に距離をとる。

モニカとの別れに、尻尾を垂らして悲しんでいたメルトが、俺とリリスのやり取りを見て、俺達の周りをぴょんぴょんと飛び跳ね回っている。

「スキンシップですわよアダム様！　交流を深めないと！」

「リリスの言う交流と俺の知ってる交流はベクトルが違う気がする！　目が怖い！」

「違いません！　強き雄《おす》を求めるのは雌《めす》の本能です！　さぁ！　誓いの熱いベーゼを！」

「雌とか言うな！　やめなさい！　マテ！　ハウス！　お手！　違うメルトはやらないでいいんだ！」

公衆の面前で俺の指示を聞かずにグイグイと迫るリリスと、指示に素直に従うメルト。

通行人なんて「あらあら」とか言って微笑ましく見てくる始末だ。

恥ずかしさに耐えられなくなった俺はリリスを思い切り引き剥《は》がし、全力で逃げ出したのだった。

そしてこの時、俺は恥ずかしさのあまりモニカをサーヴァントから解放していない事を完全に忘れていた。


「さてと、アダム君。昨日来た時には紹介してくれなかったが……今日は紹介してくれよ」

「言い出すタイミングもありませんでしたし……新しい仲間のリリスです」

モニカと別れた翌日、俺は新しいパーティの設立とリリスの冒険者登録のために、リリスを連れてギルドを訪れていた。

「初めてお目にかかります。リリスと申します」

「ギルドマスターのグラーフだ。よろしくな」

モニカも美人だが、リリスもまた系統の違う、言うなればクールビューティな感じの美人なので、リリスを見た冒険者達が何やらヒソヒソと話をしている。

「さすがは元S級……手が早いなぁ」

「いいなぁー俺もあんな美人横においてイチャイチャ冒険してぇー」

「俺の新たな天使が降臨なされた……尊い……」

手が早いとかイチャイチャとか好き放題言ってるけどまぁ、ちょっと気分がいいや。こんな気分になったのなんて久しぶりだな。

リリスも俺との約束を守ってちゃんと下手《したて》に出て話してくれている。

「では早速始めようか」

「よろしくお願いします」

登録に必要な書類を書き込み、適性試験に移るみたいだ。

すると、他の冒険者達が、試験場にわらわらと集まって、ちょっとしたお祭りみたいな騒がしさになっている。

「あの子か？　アダムさんが連れてきたべっぴんさんは」

「元S級パーティのアダムさんが連れてきたんだ、実力も相当あるだろ」

「かー！　いいなぁ！　俺もあんな美人テイムしたいわ」

「馬鹿、何言ってんだお前は」

本当何言ってんだ。ばっちり聞こえてるぞ。

テイムはしてないから、仲間だから。

いや、事実テイムしたけれども、それでも仲間だ。

「あの、アダムさんま」

「だから誰がサンマやねん」

グラーフの指示で職員が試験の準備をしている時、リリスがちょこちょ事走り寄ってきた。

「なんとなくですけど、本気出したらダメですよね？」

「あぁ。ダメだな。実力の……そうだな、三分の一でやってくれ」

「はーい」

リリスはそれだけ聞くと、スキップをして指定された場所へと戻っていった。

SS級モンスターを素手で引きちぎるような実力の持ち主が、こんな所で本気出したらどうなる事か……

「よし、では最初に……武器を選んでくれ。これから目標が次々に君に襲《おそ》いかかってくる。君はそれを倒してくれればいい」

「かしこまりました。なら私は素手で構いません」

「素手……ナックルなども一応はあるが……」

「素手で」

「結構な硬さだぞ？」

「素手で」

「……分かった。では始め！」

試験が始まり、簡易ゴーレムが十数体出現し不規則な動きでリリスへと向かっていく。

そして——

「終わりました！」

「ばか……な……」

「つえぇ……」

「うひょおー……痺《しび》れるぜ……」

「こりゃA級余裕だろ」

試験用の簡易ゴーレム達の残骸《ざんがい》が床に転がり、Vサインを決めるリリスとは対照的に、グラーフやギャラリーの面々は、リリスの圧倒的な実力に感嘆している。

試験開始から終了まで、僅か十秒という早業《はやわざ》であった。

「簡易ゴーレムと言えどそれなりの強度はあったんだが……全てを一撃で粉砕するとは……リリス君！　文句なしの合格だ！」

困ったような嬉しいような表情で頭をかくグラーフ。

「「「ぅおおおーーー!!　リーリース！　リーリース！」」」

「ぶい！」

「あはは……三分の一でこれか……読み誤ったな……」

熱烈なリリスコールの中、俺は苦笑いを浮かべていた。

「おめでとうリリス君、君はA級だ。本当はS級でもいいんだが、S級になるには実績が必要でな」

「構いません。アダムさ、さんと一緒に冒険が出来るなら、なんでもいいです」

「そうか、ではこれからの活躍を期待しているぞ」

「はい、お任せください！」

試験の後、見事A級を示す金の冒険者プレートを受け取ったリリスは、細かい説明を受け、俺とメルトの元へ満面の笑みで戻ってきた。

「お疲れ様」

「ありがとうございますアダム様！」

『やったねお姉ちゃん！』

『馬鹿、リリス様だろ！』

『でもお姉ちゃんでいいってリリス様言ってなかったっけ？』

「ふふ、お姉ちゃんでいいわよ。奥さん、でもいいけど」

『ほらー！』

『はーい！』

『奥さん？　奥さんてなぁに？』

「そこは突っ込まんでよろしい」

『『はーい』』

嬉しそうに尻尾を振るメルトをたしなめ、ギルドが買い取ってくれたアイテムのお金を受け取った俺はそのまま宿へと帰ったのだった。


「おはようアダム君、リリス君、ご機嫌いかがかな？」

「おはようございますグラーフさん。すこぶる快調ですよ」

「私は元気しかありませんわ」

「そいつは良かった。これで気楽に頼めるというものだ」

「お話っていうのはその事ですか」

「察しがよくて助かる！　そうだ、実はだな……」

リリスがA級冒険者となってから数日後、やる事もなく宿でゴロゴロしていた俺の元にギルドからの使者が来た。

詳しい事はマスターから聞いてくれの一点張りだったので、非常に聞きたくない話だとは思っていたけれど。

「鬼岩窟は覚えているな？」

「……はい」

「その鬼岩窟の最深部に、さらに奥へと繋がる道が発見された」

「嫌です」

「その調査をアダム君に……ってぇ!? 嫌って言ったか!?」

「嫌ですよ……いい思い出なんてありませんし……」

「それは分かるが……どうしてもダメか？ 発見した冒険者パーティが奥へ進んだのだがな、いかんせん敵が強いらしくてなぁ。いやぁ困ったなぁ」

「俺達以外にもいるでしょう？」

「いるにはいるが……出来れば君達に受けて欲しいのだよ」

「理由を聞いても？」

「なぁに、簡単な話だよ。リリス君は冒険者になりたて、そして君は元S級パーティの大黒柱的存在だった」

「リリスに経験を積ませて、俺達をさっさとS級に引き上げてもっと色々な依頼をしたい、という事ですか？」

「そういう事だな。いやぁ……そこまで見抜かれるとは思わなかったよ……」

「見抜けない人の方が珍しいと思いますよ？」

「私は見抜けなかったわ……！」

神妙な顔をして話を聞いていると思えば……頼むよ幻獣王の娘……

「さすがアダムさまさん！　やはり明晰《めいせき》な頭脳をお持ちなのですね！」

「サマサン？」

「気にしないでくださいグラーフさん」

「あ、あぁ分かった。それで、どうだ？」

「行きましょうよアダムさん！　あっ言えた！」

「ほらほら、相方もこう言ってる事だし」

「分かりましたよ……受けます」

「君ならきっと受けてくれると思っていたよ！　それじゃ説明に入るが……」

なし崩し的に受ける事になってしまった依頼だけど、いい装備がゲット出来るならいいか。

いつまでも初心者向けの市販品を着けてるわけにもいかないし……いらないとは思うけど、見た目は大事だ。

依頼の内容は至極《しごく》簡単、A級ダンジョン鬼岩窟の新たな最深部を確認するというもの。

リリスやケルベロスとなったメルトもいるし、行けない事はないと思うけど……俺としてはもう二匹くらいサーヴァントを増やしてから新しい依頼を受けようかと思っていたんだよな。

鬼岩窟のモンスターをテイムすればいい話なんだけど……あそこオーガとかトロルとかごつい系のモンスターしか出ないから……ちょっとな。

王都で必要なアイテムを買い揃えた後、さっそく俺達は鬼岩窟の中を進んでいた。

「ジメジメしてますね……かび臭いし」

「元々は洞窟だからな、湿度が高いのは仕方ないさ」

「オンオン」

フォーメーションは前からメルト、俺、リリス。

いつも通り俺が先行しようかと思ったのだけど、リリスがどうしてもこのフォーメーションがいいと駄々をこねたのだ。

俺とリリスとメルトしかいないパーティでフォーメーションも何もあったもんじゃあないけどな。

鬼岩窟は自然に出来た洞窟がダンジョンに変化したものだ。

階層は全部で十層まであり、最深部のボスフロアにはアースゴーレムとハイオーガが冒険者達を待ち構えている。

グラーフの話では、その奥に新たな道が発見されたって事だけど……

「以前に来た時は、怪しい箇所なんてなかったんだけどなぁ……」

俺はボスを倒した後でも、隠しトラップがないかなどをきちんと調べる。

ボスを倒して油断した所をズドン、なんて悪質なトラップも稀《まれ》に存在するからだ。

しかし中には成長して変化するダンジョンも存在する。

一本道だった所が、ある日突然三叉《みつまた》の通路になっていたり、情報と違うモンスターが出現したり、階層が増えたり、エトセトラエトセトラ。

こういった理由があるためにダンジョンは冒険者を惹きつけ、虜《とりこ》にする。

世界には何万というダンジョンが生成されているという話も聞いた事があるし、今後世界中のダンジョンを回るのもアリかもしれないよな。

ちなみに俺がこんなのんびり考えながら進めているのも、出てくるモンスターは全て先頭のメルトが処理してしまうからだった。

鬼岩窟に出現するモンスターはB級からA級上位のはずなんだけど……メルトの様子を見ると苦もなく、爪で引き裂いたり噛みちぎったり、ブレスで燃やしたり凍らせたりしている。

……ブレス？

「ちょっと待ったメルト。お前らいつからブレスなんて吐けるようになった？」

『はぉ！』

『そう言えば！』

『私達！』

『『『ブレスってる！』』』

どうやら無意識にやっていたようだ。ブレスってるってなんだよ。入れ替わってるみたいに言うな。

「ケルベロスになった時からですよ？　ケルベロスは炎、氷、雷の三種のブレスを吐けます。練度が上がればブレス同士を掛け合わせて新たなブレスを吐く事も可能ですよ」

「だそうだぞ？　頑張れよメルト」

『わあ！』

『俺達凄いね！』

『さすがけるべろしゅ！』

「噛んだな」

『噛んだーやられたー』

「やられてないやられてない。あのなぁお前ら、もう少し緊張感を持ってだな。きちんと自分の能力を把握しないとダメだぞ？」

『『『はーい』』』

とは言うもののやはり首が三つあるというのは便利なようで、話しながらもどれか一つの首がブレスを吐いて敵を屠《ほふ》っている。

きっと死角なんてものはないんだろうな。

「暇ですわね」

俺が素材の採取をしていると、横にしゃがみ込んだリリスがそう呟いた。

メルトは俺が放り投げたモンスターの骨を美味しそうに噛み砕いている。

「そうだな」

「やる事と言ったらモンスターの亡骸をアダム様が笑いながら切り刻んでいるのを見ている事くらい」

「切り刻んでないから！　素材を取ってるの！　これが大事な生活費になるの！　リリスにも覚えてもらうからな！」

「ええそんな……野蛮《やばん》ですわ……」

「こういう時だけ高貴な感じ出さないでくれませんかね」

「冗談です」

素材を剥ぎ取りながらふと思う。

俺には【王の宝物庫】というスキルがあるにはあるが、なんとなく使いづらい。

今は箱の中にとりあえず全部突っ込んでる、みたいな感覚で、宝物庫の中の目的のアイテムを探すのに手間がかかる。

仕分けができる機能があれば、ない素材ある素材が分かって、数量なども調節出来るんだけどな。

とか考えた瞬間だった。


――【王の宝物庫】が進化しました。

――スキル：【万象《ばんしょう》の宝物庫《ほうもつこ》】を会得しました。


と、頭の中に声が響いた。

「……なんかスキルが進化したんだけど」

「え？　何かしたんですか？」

「整理整頓出来る宝物庫欲しいなーって思ってただけだよ」

「ええ……どんなスキルですか？」

【万象の宝物庫】だってさ。【王の宝物庫】の進化系らしい」

「ええ……」

「おいどうして引いてるんだよ」

「引いてません引いてません！　思い描いたスキルをあっさり会得するなんて凄いなぁ、反則だなぁ、さすが森羅万象の王だなぁと感心していたのです」

「そうか」

「そうです」

「進化前と違いが分からないけど……とりあえず使ってみるか……宝物庫よ」

言葉を発して手を突き出してみると、目の前に黒い渦のようなものが現れた。

使い方が分からないので、小石を拾って中に投げ入れてみる。


――鬼岩窟の小石×1を宝物庫に収納します、自動仕分け機能をオンにしますか？

「おおすげぇ、勝手に仕分けてくれるのか!?　そりゃオンだよ！　これが進化の恩恵か!?」

――仕分け先カテゴリーが存在しません。作成しますか？

頭に流れてくる理の声に従ってカテゴリーを作成し、回復アイテムや装備、モンスターの素材などのカテゴリーを作っていく。

進化した宝物庫の中身は、頭の中にイメージとして浮き出てくるので、欲しいアイテムを意識しながら取り出せばいい。

しかも収納量に限りはなく、かつ宝物庫の中は時間の流れも止まるので生鮮の保存もバッチリという、とっても素晴らしい反則スキルだった。

設定を終えたら、あとは所持品を全部放り込めば終了だ。

待てよ？　これ、テイムしたサーヴァントを格納するのに使えないか……？

ふと思い付いただけなのだが……

──**【万象の宝物庫】に厩舎《きゅうしゃ》のカテゴリーを追加しました。厩舎のみ時の流れを同期しますか？**

「使えちゃったよ……ここまで来るとさすがにビビるわ……」

時の流れを同期するというのは、厩舎と外の時間を同じにするって事だよな？

んーどうしよう。とりま同期しとくか。

「アダム様、後ろから敵襲です！　倒しましたけど」

「報告ご苦労、よきにはからえ」

「ははぁ！」

「ちょっと王っぽい雰囲気出てた？」

「はい！　そりゃもうムンムンに出てましたよ！　だから私にもよきにはからってくれませんか⁉」

「何言ってるの⁉」

もうリリスのキャラが全然掴めなくて困る。

よきにはからうってなんだよ。何をはからうんだよ。

「今は敵もいないし、メルト、ちょっと入ってみてくれ」

『は～い』

「厩舎よ」

宝物庫と同じように手をかざすと、やっぱり同じように黒い渦が現れ、メルトはそこに躊躇《ちゅうちょ》なく飛び込んでいった。

すると――


――サーヴァント【メルト】が格納されました。


「ほほう、頭の中にメルトの様子が浮かんでくるぞ……あはは、走り回ってやがる。てか中広いな⁉」

「広いんですか？　私も入りたいです！」

「お？　いいぞ、でも入れるのかな」

「入れますよ！　一応私もアダム様のサーヴァントですから！」

「まぁそっか。人間ですらサーヴァントに出来るんだからな……恐ろしい力だぜ全く……」

我ながらとんでもないジョブに目覚めてしまったな。

「恐ろしいとか言ってる割にはニヤついてますよ」

「えっほんと!?　やだ自分が怖い……」

「それじゃ、お邪魔しますー」

リリスはそう言って、やはり躊躇なく、開いたままの黒い渦の中に飛び込んでいった。


――サーヴァント【〝幻獣姫《げんじゅうき》〟リリス】が格納されました。


「おお……すげえ……とりあえずメルトもリリスも入れるってのが分かったし、二人とも、出てこい」

そう言うと白い渦が発生し、その中からメルトとリリスがポンポンと飛び出てきた。

なんか楽しそうだな。


鬼岩窟七層――

「メルト、リリス。ちょっと待ってくれ」

順調に階層を下る最中、思い出した事がある。

俺には元々【スカウト】というスキルがあり、モンスターをテイムするのではなく、仮サーヴァントとして一時的、限定的に使役出来る。

これは俺より格下の相手にしか通用しないが、ダンジョンでの索敵やトラップの発見などに大いに役立つスキルなのだ。

実際ラディウスにいた時も使っていたけど、モニカ以外気付いてる奴はいなかったな。

スカウトが別のスキルに変化したような事もないし、森羅万象の王というジョブになった今、どれほどのレベルのモンスターがスカウト出来るのか試してみたくなったのだ。

「ちょうど前から敵が来るな。【スカウト】」

「グモオオオ」


——トロルが一時使役可能になりました。スキル【徴収】によりステータスの三十パーセントとスキルがストックされます。

——スキル：【体力増加《たいりょくぞうか》】、【打撃耐性《だげきたいせい》】を一時会得しました。


「おお、スカウトでもステータスがストックされんのかよ。めっちゃいいな。こりゃスカウトしまくるしかないわな。あぁでも一時的か、でもないよりいいよな」

「アダム様は私のステータスもストックしてますから、肉体的にもかなり強くなってますよ？」

「え、そうなのか？」

「はい」

「へぇー……試してみるか」

確かに以前と比べて、体に力が満ち溢れてる気はしてたんだよな。

「よっと」

俺は試しに壁を蹴りつけてみた。

ドゴン！

「は？」

盛大な音を立てたかと思えば壁には俺の爪先《つまさき》がめり込んでおり、そこから放射状に亀裂《きれつ》が入っている。

「ひょお……」

「今はトロルのステータスも加わってますから、攻撃力はかなりのものですね」

「お、おお」

自分の体の変貌ぶりに思わず引いてしまったけど、これは普段から力の入れ方に気をつけないといけないな。

「リリスさん」

「なんでございましょう？」

「力の調節の仕方を教えてください」

「喜んで！」

そんなこんなで、俺はボスフロアに辿り着くまでに三十体ほどのモンスターを【スカウト】し、ボス戦に挑んだのだった。

ちなみに構成はハイオークやトロル、ハイゴブリンというゴリゴリのごつい奴らばかりだった。

「グモグモ」

「ギッギッギ」

「グォオオ！」

周りでわいわいと騒いでいるが……むさ苦しい事この上なかった。

そして目的の十層、ボスフロアに到着。

『よくぞここまで来たな』

「おお、ボスが喋ってる……」

【多言語理解】のスキルのおかげで、ボスの話している内容が分かる。

以前来た時とは違う、新しさがあってワクワクするな。

目の前にはハイオーガが一体と、それを囲むように立つアースゴーレムが三体。

喋るのはハイオーガだけか。まぁゴーレムは、自我はあるけど意思はないって感じだろう。

『何人《なんぴと》たりとも姫の眠りを邪魔させてなるものか！』

「……なに？　姫だと？」

『ゆくぞ！』

「くそ！　話をする気はないか！」

ハイオーガが何やら気になる事を口走ったが、それを教えてはくれないらしい。

アースゴーレムが見かけによらないスピードでこちらに走りよってくる――が。

「野郎共出陣じゃあああ！」

「「「オオオオオオ！」」」

俺の後ろから空気を揺らすほどの雄叫《おたけ》びが響き、ズシンズシンという大量の足音が地面を揺らす。

それに驚いたのか、気を取られたのか、ハイオーガとゴーレムの動きが止まった。

そう。足音と雄叫びの正体は先ほど【スカウト】したモンスターの方々だ。

せっかくなのでこちらまでお越しいただいて、ボスを倒してもらおうと思ったのだ。

俺のスキル【王の威光】により【スカウト】したサーヴァント達でもプラス二百パーセントのステータス上昇がある。

それが三十体。

三十体のゴリゴリのモンスター達が、津波のようにハイオーガとアースゴーレムを飲み込んでいった。

第四章　新たな仲間

「お疲れさん、ありがとう」

『『『オオオオオオ！』』』

怒涛《どとう》の勢いでハイオーガとアースゴーレムを捻《ひね》り潰したモンスター達に労いの言葉をかけると、再び大気を揺らす雄叫びが響いた。

「アダム様もえげつない事をしますね」

『『鬼だー』』

「鬼は敵の方だろ？」

「数の暴力は凄まじいです」

「はは、確かにな」

地面にはほぼミンチになったハイオーガと、元アースゴーレムの瓦礫の山が散らばっている。

ハイオーガから素材の採取は見込めないので、アースゴーレム達の瓦礫を宝物庫に放り込む。

――アースゴーレムの核×3、アースゴーレムの構成素材×30、ミスリルの粉末×80、ミスリルの原石×15を収納しました。

「アースゴーレムの核、か。なんかいいモノっぽいしミスリル系も取れるのか……知らなかった。あいつらはこれ全部取ってたのかなぁ。んでボスアイテムは……あれか」

ハイオーガのミンチが光の粒に変化してダンジョンの地面に吸い込まれ、そこに宝箱が出現した。

「中身は……ハイオーガの胸当てか！　やった！　これで初心者装備ともサヨナラだ」

「おめでとうございますアダム様！」

『やったねマスター！』

『よく分かんないけどやったね！』

『いえーい！』

早速ハイオーガの胸当てを装備し、偽鬼王の胸当てを宝物庫に入れた。

その後、トラップがないかを再度調べると、フロアの奥の暗がりに大人二人ほど通れる大きさの通路が出現していた。

ボスフロアから通じる道を進み、階段を下る。

鬼岩窟第十一層、ここからが本番だ。

今にも敵が飛び出してきそうな雰囲気を醸《かも》し出《だ》してはいるが、やけに静かだ。

俺とリリスの足音が大きく聞こえる。

「メルト、どうだ？」

『んーなんかねー』

『敵はいるのー』

『でも、どこにいるか分からないのー。でもそこら中にいる感じがするー』

「そうか、警戒を続けろ」

『『『うん』』』

「アダム様、グラーフさんが言うには確か……」

「敵のタイプがバラバラ、だったな」

「はい」

鬼岩窟に出てくるモンスターは、ホブゴブリンやオーガなどの鬼人型かトロルやハイオークなどの亜人型だ。

しかしここからは不定形型《ふていけいがた》や獣型《けものがた》、虫型《むしがた》も確認されているそうだ。

『マスター！　来るよ！』

『上！』

「なに!?　むぐっ！」

メルトが突然上を向いて吠えた。

その瞬間、俺は生温かいモノに包み込まれた。

「アダム様！　おのれ知能のない不定型の分際で！」

リリスが激怒している声が聞こえるが、耳の中にブヨブヨとした物体が入り込んできてすぐに何も聞こえなくなった。

ソレは口や鼻の中にもズルズルと強引に入り込んできて、ひどく気持ち悪い。

抵抗しようにも体が全く動かない。これは麻痺毒《まひどく》だろうか。

一瞬で俺の体を飲み込み、即効性のある麻痺毒で動きを封じてじわじわと捕食する。

俺は不定型モンスターの代表であるスライム種に飲み込まれていた。

まぁでも、ステータスが上昇している今、麻痺は一時的にしか効かないようで、多少動くようになってきた手で親指を上げ、リリスに大丈夫だとサインを送る。

このまま中から破裂させてもいいのだが、仲間に一体スライムがいてもいいのでは？　と考えた。

「俺に従え！　【テイミング】！」

スキルを発動するとスライムはビクリと体を硬直させ、するすると俺の体を解放していった。


――ロック・ステイスライムがサーヴァントとなりました。ステータスとスキル【ステルス】、【合体】がストックされます。


『わ！』

『マスターべとべと！』

『臭い！』

「……ご無事で何よりですが……臭いですわね」

「お前らなぁ⁉」

メルトは前足で自分の鼻のうち二つを押さえ、リリスも眉根を寄せて顔の下半分を手で覆っていた。

鼻を押さえられなかったメルトの残りの頭はひどい顔をしていた。

確かにスライムの消化液まみれで臭いかもしれませんけどね。傷付くよあたしゃ。

「とりあえず思い付きでテイムしたけど……ロック・ステイスライムか……名前は〝ロクス〟にし

「よう、よろしくなロクス」

話しかけてみたものの、ロクスは言葉を発しないらしく、体をグネグネと変形させてペコペコしている。

ロック・ステイスライムは体の色を変えて周囲に溶け込み、死角などから強襲してくるモンスターだ。

そこで俺は先ほどメルトがそこら中にいる感じ、と言っていたのを思い出した。

「なぁロクス、ひょっとしてこの通路全体に仲間がいるのか？」

「えっ⁉　アダム様⁉　そんな気色悪《きしょくわる》い事言わないでください！」

顔を青ざめさせている所を見るとリリスはスライムが苦手なのかもしれない。

ロクスは体の一部を鎌のようにもたげ、上下に揺らす。

返事は——ＹＥＳだった。

「どきなさい」

そう言って、リリスはブレスを吐こうとしているメルトの横に仁王立ちになった。

傍から見ても、リリスが怒っているのがありありと分かる。

なんでそんなに怒ってるのかは知らないけれど、とにかくリリスは怒っている。

「これ以上私の旦那様の肌は舐めさせない！　舐めていいのは妻である私だけ‼　滅びなさい！　【ドラゴンブレス】！」

だいぶくだらない理由だった。

そもそも結婚してないし、付き合ってもないんですが。

リリスはポカンとするメルトと、深いため息を吐く俺をよそに、その可愛らしい口には似合わない豪快なブレスを吐き出そうとして――

「リリス、待て待て！」

「ふええん！　だってだってええ！　私も舐めた事ないのにいいい！」

「はぁ……」

ロクスの目の前で仲間を殺すのも残酷なので、どうしようか悩んでいると、ロクスが何やら体の一部を伸ばして通路と自身を交互に指してアピールをしていた。

そして俺はロクスが持っているスキルの一つに注目した。

そのスキルとは――

「ロクス！　【合体《がったい》】だ！」

俺の号令を聞き、ロクスが体をぶるりと震わせた。

すると通路のあちこちからスライム達が飛び出してロクスに重なっていった。


――サーヴァント【ロクス】のステータスが上昇しました。十体のロック・ステイスライムとの【合体】により、【分離《ぶんり》】が可能となりました。

「おぉ……そういう感じなのね」

合体したロクスは二回りほど大きくなっていた。

新しく仲間になったロクスとメルトを先頭に進んでいく。

出てくるモンスターはやはりA級かS級、しかしながらこちらの戦力が圧倒的なため、苦戦という苦戦もなく順調に下降していった。

俺はと言えば素材を剥ぎ取るとか、アイテムを回収するだけの簡単なお仕事しかしていない。

メルトは楽しそうにモンスターを倒しているし、リリスはワンパン、ロクスは強力な溶解液《ようかいえき》でドロドロにしちゃうし……ロクスの戦い方は見ていてちょっとグロテスクだなぁ……

『マスター』

『ここ、ボスみたいだよ』

『強そうな気配がする』

「もう着いたのか、何層下りた？」

「ボスフロアからさらに十層ほどですわ、アダム様」

「分かった、ありがとう。何が出てくるか分からないから、慎重にな」

突き当たりの壁には大きな穴がぽっかりと開いているが、真っ暗なために中の様子を窺う事はできない。

一歩足を踏み入れると、突然周囲の壁にかけられていた無数の松明《たいまつ》が音を立てて燃え上がり、フロアを煌々《こうこう》と照らし出した。

「なんだ……あれは」

『何者だ』

フロアの中央には身の丈四メートルはありそうな巨人が仁王立ちしており、その筋骨隆々な体躯からは六本の腕が生えている。

頭からはねじくれた角が二本伸び、正面お顔の左右にも顔がある。

「あれはアシュラですわアダム様。ジェネラルオーガよりもさらに上位の存在ですわね」

「強そうだな」

「ギルドの難易度で言えば……Sが二つ付きますわね」

「そりゃ強い」

『何をごちゃごちゃ言っている。ここは貴様らのような下等生物が来て良い場所ではない。早々に立ち去れ』

「だそうですが？　いかがしますかアダム様」

「とりあえずやってみたい事があるんだ」

『聞いているのか！』

俺の態度が気に食わないのか、アシュラは声を荒らげる。やりたい事というのはこれだ。

「俺に従え！　【テイミング】！」

『ぐっ！　なんだと!?　ぐぬぬぬ！』

そう、ボスのテイムだ。

成功するかは分からないけど、試してみる価値はあった。

アシュラは頭を抱えて呻き声を上げ、音を立てて膝をついた。

俺のテイムに抵抗しているんだろう。

『我は……我は姫に忠誠を誓った者！　この誓いは決して破らぬ！』

「チッ……ダメか」

膝をついたアシュラは苦しそうに咆哮を上げ、勢いよく立ち上がった。

『なるほど、其方《そなた》も王たる器の者か。下等生物などと言った我を許していただきたい。だが……姫の眠りを妨げるというのなら容赦は致しませぬぞ！』

どうやらテイムの際に俺がどんな存在かというのは伝わったらしい。

さっきと比べて丁寧な言葉遣いにはなったが、敵対するなら相手をする、という殺気が痛いほどに伝わってくる。

「姫様がどうこうは知らない。俺達はここの調査に来ただけだ」

『それは姫を起こすのと同義、いざ尋常に勝負！』

「分かったよ！　なら大人しく倒されろ！　行け！　メルト！　ロクス！　あとリリス！」

『『いっくぞー！』』

「なんかついでみたいに言われましたけど、ゾクゾクしますわ！　アシュラ！　覚悟なさい！」

話し合いは決裂し、戦闘が開始された。

それぞれの手に武器を持ったアシュラに、メルトとロクス、そしてリリスが飛びかかっていく。

メルトとロクスには少々荷が重い相手かもしれないが、リリスはアシュラよりも上なはずだ。

六本腕から繰り出される攻撃は嵐のように凄まじいが、メルトはスピードを活かしてヒットアンドアウェイで攻めていく。また、ロクスはその柔軟性と不死性を活かし、分裂したり溶解液を吐いたりと、多種多様な攻めをしている。

そしてリリスはと言うと、なぜか俺の方をチラチラ見ながら戦っている。

わざと攻撃を食らってるような節もあるし、ちょっと苦戦してますアピールが凄い。はぁ……

「リリス、頑張れ！」

「はいいいい！　頑張ります！　聞きましたかアシュラ！　アダム様から応援を受けた私は無敵よ！」

「やっぱり応援待ちか……めんどくさい奴だな……」

そこからリリスの猛反撃が始まった。

強烈なジャンプアッパーをアシュラの腹部に叩き込むと、アシュラの巨体が宙に浮いた。

手刀で腕を切り落とし、拳の連撃を次々と叩き込んでいき、大きくジャンプしたかと思えばトドメとばかりに脳天にかかと落としを決めた。

『が、あ……』

アシュラはリリスの強烈な連続攻撃に、なす術もなく地に伏したのだった。

『ま、待ってくれ……』

ガクガクと震え、血を吐きながらアシュラは呻くようにそう言った。

「なに？　この期に及んで命乞いかしら」

『ち、違う……小さき王よ』

「俺か？」

『姫を……どうか、よろしくお願いします』

「ええ!?　俺がか!?」

アシュラは息も絶え絶えで、恐らくあと数分で命が尽きるだろう。

ならば――

「俺に従え！　【テイミング】！」

『がっあぁあ！』

「アダム様何を!?」

「お前からはもっと詳しく話を聞かせてもらう！」

『ぐううう！』

死にかけのはずなのに凄い抵抗力――いや、凄い忠誠心だ。

姫という存在がいるのなら、その存在を知っているアシュラがいた方が、話が分かりやすくなるはずだ。

『新たな主《あるじ》よ……我が名はテロメアでございます』

「よっし！　ボステイム完了だ！　出来るもんだな！」

「凄いですわアダム様！　さすが私の旦那様！」

『うおー！』

『こいつが仲間かー！』

『でっかいよねー』

テロメアは片膝をつき、深々と頭を垂れている。

その周りをメルトがぴょんぴょんと駆け回り、嬉しそうに尻尾を振っている。

ロクスの時もそうだったし、新たな仲間が増えるのがよほど嬉しいのだろう。

「これからよろしくな、テロメア」

『は！』

「そんで聞きたい事があるんだけど……姫様って何者？」

『は、姫は〝鬼王《おにおう》〟ウトガルド様のご息女、ミミル様でございます、我は、永き眠りについております姫の眠りを妨げる者を排除する任を帯び、百年ほど前からここにおります』

「百年⁉　どういう事だ……ここはダンジョンが成長した先じゃないのか？　ううむ、謎だ……あ、そう言えば、勢いでテロメアをテイムしちゃったけど、このあとって？」

『はい。後任の者が来るかと』

「俺が姫様を起こしちゃった場合は？」

『そこまでは分かりませぬ』

テロメアは、任された仕事を全うしてただけで、詳しいことは知らないみたいだ。

「アダム様、まさかその姫まで手篭《てご》めに？」

「人聞きの悪い事言わないでくれるかな⁉」

「私は構いませんわよ？　正妻は私ですし、王ならば妾《めかけ》の一人や百人、いて当然です」

「お、おう……そうか」

当たり前のようにそう言い切るリリスに戸惑いを覚えつつも、ボスフロアを見渡してみる。

テロメアの話が事実なら、この先に通路が出現してもいいはずなのだが……それらしき扉や通路は見当たらない。

ひょっとしてボスであるテロメアを倒さず、テイムしてしまったから……？

「テロメア、姫様の所に案内してくれ」

『かしこまりました』

試しにそう言ってみると、テロメアはフロア奥の壁の一部を押し込んだ。

なるほど、テロメアを倒した場合、あそこが開いて通路が現れるのか。

通路は一本道が続き、ほんの数分歩いた程度で別のフロアに出た。

そこはダンジョン内とは思えないほどに荘厳《そうごん》な作りになっていて、格式ある教会のような所だった。

フロアの中央は台座のように盛り上がり、そこに大きな棺《ひつぎ》が鎮座《ちんざ》していた。

「メルト、敵の気配はあるか？」

『ないよー』

メルトはしきりにフンフンと鼻を鳴らしているが、特に気になる所はないようだった。

トラップなども設置されておらず、あるのは棺だけという異質な空間だが、恐らくあの棺の中にミミル様とやらが寝ているんだろう。

「ロクス、棺を調べろ」

しかし、トラップがないからと言って、不用意《ふようい》に近付く俺ではない。

俺の指示を受けたロクスは、音もなく棺に近付いて棺に体の一部を乗せた瞬間、見事に四等分に切り分けられてしまった。

『わ！』

『ロクスー！』

『君の事は忘れない……』

その様子を目の当たりにしたメルトは、クーンと鼻を鳴らして俯いた。

だがロクスは不定形型モンスターであり、不死者の系統に入る存在だ。

四等分にされた体はすぐに再生し、いそいそと俺の方に戻ってきた。

「ごめんな、ありがとう」

『ロクスー！』

『おかえりー！』

『凄いすごーい！』

ロクスの周りで跳ね回るメルトを横目に、あの棺をどうするか考える。

接触起動タイプのトラップが棺に仕掛けられているみたいだから、迂闊《うかつ》に触ればロクスの二の舞になってしまう。

だが……

「ぶっ壊すか」

「えぇ⁉　中にお姫様がいるんですよ⁉」

「いやだってそれくらいしか方法ないじゃん」

「そうかもしれませんけど……」

「冗談だよ。こういうタイプは大体一回起動したらおしまいだから。トラップが発動したらそれを守る存在が出てくるか、中の何かが出てくるか」

『妾の眠りを妨げるのは誰ぞ』

ドン引きのリリスにそう説明していると、案の定どこからか声が聞こえてきた。

「ほらな？」

「ほんとだ……」

ぽかんとするリリスをよそに、棺の蓋がギギギギ……と動き出し、中から青白く細い手が出てきた。

「メルト、ロクス、戦闘態勢だ。テロメアも出ろ！」

『頑張るぞー』

『負けないぞー』

『頑張ろうねみんな！』

『ミミル様……歯向かう我をお許しくだされ』

「ねぇねぇアダム様、私は？」

「リリスは……とりあえず待て」

「分かりましたわ！　わんわん！」

各自が戦闘態勢に移行した所で、棺の中からある島国の巫女服《みこふく》のような装いの少女が出てきた。

肌は青白く透き通って血管が見えるほど。腰まで伸びた黒髪はやや紫がかっている。

血のように赤い瞳と唇が肌の白さとの対比でより一層濃く見える。

『妾を目覚めさせたのはおぬしか……ほう、おぬしも王の器と見える。どれ』

ミミルは俺を値踏みするように見つめると、舌舐めずりをした。

そして次の瞬間、俺の左腕に鋭い痛みと猛烈な熱が走った。

「あ……ぐぅ！」

「アダム様！」

どちゃり、と水に濡れたような音が鳴った。

「あああああ！」

その音の正体は、切り飛ばされた俺の左腕だった。

『脆弱《ぜいじゃく》なり……』

「アダム様！　貴様アアアア！」

刹那の速度で腕を切り落とされた俺を見て、リリスはミミルに向かって吠えた。

と同時にミミルへと突っ込んでいき、テロメアもミミルに攻撃を開始した。

『マスター！』

『どうしよう！　マスター！　腕！』

『どうすればいい？　どうしたらいい？』

「ぐ……焼いてくれ……早く」

『ええ！』

『それは痛いよ！』

『でもやるね！　マスターのため！』

俺の意図をすぐに察したメルトは微量のブレスを吐き、俺の傷口を焼いていった。

「つがあああああ！」

肉の焼ける匂いと強烈な痛みが全身を駆け回る。

吹っ飛びそうになる意識を気合で維持し、歯を食いしばる。

『終わったよ！』

『マスター早く回復して！』

『しっかり！』

俺は大量出血と切断面を焼いた痛みでフラフラになりながらも、宝物庫から回復薬を取り出してガブ飲みする。

何本かの回復薬を飲み切った所でようやく意識がしっかりし始め、状況も分かるようになった。

リリスとテロメアは未だミミルと交戦状態だったが、実力の差が大きいのかテロメアはかなり負傷していて腕も二本切り落とされてしまっていた。

戦闘はリリスとミミルのタイマンになりつつあるが、お互いに一歩も譲らない激しい攻防戦が繰り広げられている。

しかし、ミミルの表情には余裕があまりなく、どちらかと言えばリリスの方に分があるように見えた。

『ぬかせ！』

「どうしたのかしら？　随分と苦しそうね！」

ロクスとメルトは、自身では到底勝ち目がない事を分かっているのか、俺のそばで戦いを観戦している。

「テロメア、大丈夫か？」

『やはり我では姫には敵いませぬ……傷の方は大丈夫でございます。ふん！』

下がらせたテロメアが気合を入れると、体の傷が急激に治っていき、もりもりと音を立てて切り落とされた腕が再生してしまった。

「凄いな……」

『【自己再生《じこさいせい》】、我のように上位の鬼族であれば誰しも所有しているスキルでございます』

「スキル？　って事は……」

テロメアの言葉を聞き、俺の中にストックされているスキルを思い浮かべてみた。

そしてその中に【自己再生】のスキルがある事を確認して、安堵《あんど》のため息を吐いた。

切り落とされた左腕は、とっくにダンジョンに吸収されてしまっていて回収する事は出来ない。

このまま義手《ぎしゅ》生活になるかと思っていたが、どうやらそれも回避出来そうだった。

「【自己再生】……！」

そう唱えると焼いた切断面がゆっくりと盛り上がり始めた。

テロメアほど素早くはないが、確実に腕が再生していってるのが分かる。

ものの数分で新しい腕が生えてくるだろう。

「ふう……」

「アダム様！　大丈夫ですか！」

再び安堵のため息を吐いた所で、リリスが飛んできた。多少傷を負ってはいるが元気な様子だ。

「あぁ、大丈夫だよ」

「よかったー……ほんと良かったですぅ」

「それよりミミルは……？」

凄まじい戦いを繰り広げていたミミルを捜してあたりを見回すと、ふとリリスの血に濡れた手が目に入った。

「おまっ……！」

「やりました！」

誇らしげに胸を張り、Vサインをしたのと逆の手には、ミミルの頭が握られていた。

瞳を閉じ、口から鮮血を垂らしているミミルの顔は穏やかで、寝ているようにも見える。

向こうには黒く燻《くすぶ》った物体が転がっている。恐らくあれがミミルの体だろう。

「四肢を切り落として、心臓を貫いてしっかり炭にしてあげました！」

「お、おう。頑張ったな、ありがとう」

「きゃー！　アダム様に褒められました！　嬉しいです！　えへへ！」

心底嬉しそうに笑い、擦り寄ってくるリリスの頭を撫でていると、小さく声が聞こえた。

『よもや……ここまでとは』

「おい……嘘だろ」

その声はリリスに握られているミミルの顔から発せられており、閉じていた瞳がうっすらと開いていた。

「なによ！　あんたもしつこいわね！」

『おぬし、何者……ぞ』

「私は幻獣王バハムートエデンの娘にして、森羅万象の王アダム様の正妻、になる予定のリリスよ！」

『なる……ほど、その強さも……道理か……しかも、おぬし、矮小な人間と見せかけ、森羅万象の王、とな……』

「あーまぁ、そうらしいよ」

「アダム様、この頭女《あたまおんな》どうしますか？　炭にしますか？」

「いや、聞きたい事がある。しかし鬼の生命力がここまで強いとはな」

テロメアのさらに上位の存在であるミミル、首だけになっても生きているとはね。

『王よ、頼みがある』

「なんだ？」

『妾を……娶《めと》っては、くれぬか』

ミミルはか細い声でそう言った。とんだプロポーズだ。

「えーっと……さすがに首だけの奥さんっていうのも……それにほら、段階ってのがあるし」

「アダム様は奥手なんです。ポッと出の生首なんかが妻の座を射止められるとは思わない事ね！

それにあんたはアダム様の片腕を切り飛ばしてるんだからね！　あんたなんて奴隷《どれい》で充分よ！」

「落ち着けリリス。奴隷になんてしません」

「むぅー！　ですけどぉ！」

『先ほどは……申し訳なかった。寝起きで……ボーッとしておったゆえ……』

「寝ぼけて片腕吹っ飛ばすとか、寝起き悪いとかの話じゃないからな!?」

『すまなんだ……寝起きでなければトカゲ娘なんぞに後れは取らぬ……』

「へぇー？　誰がトカゲですって？　今度は細切《こまぎ》れにしてメルトの餌にしてやろうかしら？」

ミミルは首をぶらぶらと揺らされながらも悪態を吐き、それにカチンと来たらしいリリスが笑顔で怒っている。

ミミルも度胸があるのか往生際《おうじょうぎわ》が悪いのか、ふん、と鼻を鳴らしてリリスを睨みつけている。

『えーやだよー』

そう思ってロクスを見るが、当の本人は伸びたり縮んだりしているだけで何を考えてるか分からない。

それをやるならメルトよりロクスの方が適任だと思うんだけどな。あいつなんでも食べそうだし。

その様子を見ていたメルトが、吐くような仕草をして全力で拒否していた。

『げぇー』

『美味しくなさそうー』

『姫様……』

テロメアはテロメアでハラハラソワソワと落ち着きがない。

まぁ元々忠誠を誓っていた対象が、首だけになりながらも敵を煽っているんだから仕方ないとは思うけど、なにぶん図体がデカいので見た目が騒がしい。

『ダメか？』

リリスと睨み合いをしていたミミルが、若干目を潤ませて、上目遣いなんかもして俺を見つめてくる。

これがちゃんと体も付いていればドキッとするくらいの美貌なのだが……ちょっと……いやだいぶ不気味だった。

「娶る娶らないは別として、仲間になるのはいいぞ」

「正気ですかアダム様!?　こいつはアダム様のてぇてぇお体をぶった切った不届き者ですよ!?」

「てぇてぇってなんだよ」

「尊いの上位表現です！」

「そうですか……確かにそれはそうだけど、寝起き悪いって言うし……」

「それで許しちゃうんですか⁉　甘い！　甘いですよアダム様！　ちなみに私は寝起きいいと思いますわ！　寝起きの甘々タイムも好きですわ！　した事ないんですけどね！」

「だってこのままにするわけにもいかないだろ？　あと、リリスの寝起き事情は聞いてない」

「そうですねじゃあやっぱり燃やしましょう。って、え？　聞いてないんですか？　甘々タイムは？」

「だから待てって」

「ふえええん！　私、寝起きはいいのにぃ！」

口を開いてブレスを吐き出そうとするリリスの頭にチョップを入れ、ミミルの首を地面に置かせた。

「で、だ」

俺は地面にあぐらをかいた。目の前では首だけのミミルが俺をじっと見つめている。

「聞いておきたいんだけど、なんでいきなり娶ってくれとか言い出した？」

『あのトカゲ娘とアシュラはおぬしの従者であろう？　あれらを従える王であれば、妾の夫にふさわしいと判断したからじゃ』

リリスはトカゲ娘と呼ばれた事に腹を立てているようだが、ここは俺が目で制して、ミミルに続きを促した。

『鬼は強き者にしか頭《こうべ》を垂れぬ。トカゲ娘は妾を倒した。寝起きだろうがなんだろうがそれは事実じゃからな。あやつは強い、そこは認めざるを得ない』

リリスは強いと言われて、今度は上機嫌になっている。忙しい奴だ。

「理由は分かった。でも首のままでどうするつもりだ？」

『心配には及ばぬ。妾にだって自己再生くらい出来るでな』

「あぁそうか。鬼王の娘さんだもんな。そりゃ出来るか」

「じゃが……首のみではちと時間がかかるのもまた事実」

「よし分かった。そんじゃ、厩舎の中に入って再生してくればいい」

『きゅうしゃ？』

「そ。厩舎。俺のサーヴァントの家みたいなもんだ」

『妾をモンスターと同じ扱いにするというのか』

「仕方ないだろ？　喋る生首を持ち歩く趣味もないし、首だけでも生きてるって知れ渡ったらどこその研究者におもちゃにされるけどいいのか？」

『むむぅ……おもちゃにされるのよろしくないのう……仕方あるまい。我慢しよう』

「交渉成立だな。あーその前に、テイムしないと入れないんだけどいいか？」

『ていむとはなんぞや？』

「アダム様の所有物になるという事ですわ！」

リリスは会話に入るタイミングを窺っていたのか、勢いよくずれたことを口にした。

「人聞きの悪い事を言うな！　所有物じゃなくて仲間ね！　な・か・ま！」

『ふむ、妾に害がないなら構わん。やってくれ』

「分かった。【テイミング】！」


――【〝鬼王姫《おにおうき》〟ミミル】がサーヴァントとなりました。ステータスとスキル【四離滅裂《しりめつれつ》】【千里眼《せんりがん》】【剛力招雷《ごうりきしょうらい》】がストックされます。


『おぉ……おお……力が漲《みなぎ》ってくる……これがテイム……素晴らしいのぅ！』

「【千里眼】は分かるけど……【四離滅裂】と【剛力招雷】ってなんだ？」

『【四離滅裂】はアレじゃ、おぬしを切り飛ばしたやつじゃ。見えない斬撃のようなものじゃの。【剛力招雷】は筋力が限界以上に高まり体に雷を纏《まと》う技じゃ』

「おお……強そうだ」

『【剛力招雷】は強力じゃが、反動も大きい。ぽんぽん使えるもんでもないから使いどころが肝《きも》じゃな』

「分かった」

『しかし、妾のスキルまで取り込むとは……森羅万象の王とは反則的な強さじゃのぅ』

「俺もそう思うよ。それじゃしばらく中で休んでてくれ」

『あい分かった』

「テロメア、姫さんの世話は任せたぞ」

『御意』

ミミルの首をテロメアに持たせ、一緒に厩舎へ入れた。

彼女の再生具合は脳内で見えるし、ほどよく再生したら出してあげよう。

「ふう……なんか疲れた」

「お疲れ様です、アダム様。でも、アダム様は甘すぎです！」

「悪かったって」

「でもそんな優しいアダム様も大好きです！」

「あはは、ありがとう」

『私もマスター大好きだよー？』

『俺だって大好きー！』

『僕も僕もー！』

「はいはい、分かってるよ。メルトもありがとうな」

ミミルはテイムしてしまったが、テロメアと同じようにこのエリアには別の鬼系ボスが湧くだろう。

アシュラの後の上位鬼……何が来るか分からないけど、ボス二連戦になるのか……次に来る人達、死なないといいな。

こうして俺達は鬼岩窟を攻略し、ギルドへ報告をするべくダンジョンを後にしたのだった。

第五章　没落と出世

俺、ダウンズとラディウスの面々はグラーフから謹慎を言い渡されてからずっと真面目に宿屋に篭《こも》り、はや三日が経っていた。

「くそっ！　アダムのせいで！」

「やめろダウンズ」

何も出来ない、どこにも行けないというストレスが溜まりに溜まり、とうとう俺の我慢の限界に達した。

「でもさぁ、なんでアダムとモニカは生きていたわけ？」

「有り得ない、でも有り得た……謎」

この三日間、誰も話題にしなかったアダムの名を俺がこぼした事で、ジェニスとリンも話し始めた。

「私は確実にアダムの両膝を射抜いたんだ、それは間違いない」

「私の【エクスプロード】を込めた魔石が爆発してるのもしっかり見た」

「だが奴は生きていた。なんでか知らねぇがな」

「モニカとアダムの二人であのダンジョンを抜けられるとは思えないよ」

「もう済んだ事だ。皆やめろ」

バルザックさんが止めようとするが、俺達の不満は止まらない。

「やめろって言ったって！　アダム達が生きていたから私達は謹慎くらってんのよ⁉」

「嘘の発言と、私達がアダムにした事もバレた。このままじゃ……」

「バルザックさんだってヤバい事ぐらい分かってるだろ？」

ジュニス、リン、俺とそれぞれの不満が爆発し、バルザックさんに訴えるが、本人は黙って目をつぶったままだ。

そんなバルザックさんに業《ごう》を煮やし、俺は鎧を着込んで外に出ようとした。

「どこに行く？」

「バルザックさんが動かないなら俺がやるぜ。良いツテがあるんだ」

「ダメだよダウンズ！　これ以上！」

「うるせぇ黙れ！　このまま引き下がれるかってんだ！」

引き止めるジェニスの言葉を振り切り、俺は部屋から出る。

「汚名をすすぐにはでけぇ手柄を立てればいい。でけぇ手柄がねぇなら作ればいいんだ」

宿屋を出た俺は、苛立ちを隠すことなく大通りを歩いていく。

しばらく歩き、路地裏に入ると、どんどん奥へと進んでいく。

やがて、俺は古びた倉庫の前に立ってキョロキョロと周囲を見回し、誰もいない事を確認すると、倉庫の扉を叩いた。

すると扉についた小窓が開き、一人の人物が顔を覗かせる。

「アビス」

「ナイトメア」

「入れ」

合言葉の確認が済み、扉が軋《きし》みながら開かれた。

ここは、とある組織のアジトの入り口の一つ。こういった入り口が、王都のいたる所に存在している。

俺が中に入ると、扉はすぐさま施錠され、扉を開けた男が顎をしゃくり「奥へ」と指示した。

奥には地下へと続く階段があり、俺は歩き慣れたその階段を下りていく。

「久しぶりネ、ダウンズさン」

「よぉ、ミヤ。元気してっか」

階段を下りると、黒いフードを被り、白い仮面を付けた人物が座っていた。壁の棚には怪しげな品物がずらりと並んでいる。

懐かしい臭いと雰囲気に、思わず笑みがこぼれる。

「元気ヨ、そっちは中々な事ニなってるみたいネ？」

「まぁな」

「で、謹慎中のS級サンが、こんな所に何用ネ」

「デカいヤマが欲しい。謹慎が解かれるほどのな」

ている。

薄暗い室内、蝋燭《ろうそく》に照らされながら、俺は笑みをこぼす。

この闇ギルド【ミッドナイト】は非合法な取引や暗殺など、犯罪とされる部類の仕事を請け負っている。

この国には地下闘技場や地下カジノ、表では営業禁止になるレベルの地下娼館《しょうかん》などが、密やかに存在している。

今でこそS級パーティのメンバーとして名を馳せている俺も、元々はこの地下闘技場で活躍していた裏グラディエーターだった。

長年にわたり闇ギルドに所属していた俺は、実績もあり、ちょっとした依頼であればあっさりと通ってしまう。

「S級パーティが動くほどのヤマ、中々お値段張るヨ？」

「構わねえよ、金なら腐るほどある」

「イイヨ。村一つ焼く？　それともドラゴンでモ連れてくる？」

「それは任せる。とりあえず大事《おおごと》になればいい」

「承諾したヨ。数日で用意出来ルと思うヨ。金はいつもの手筈で頼んだヨ」

「おう、分かった！　助かるぜ！　はっは！　ラディウスのピンチを俺が救う！　バルザックさんもきっと満足してくれるはずだぜ！」

「どうだロウネ」

「あ？　なんか言ったか？」

「ナニモ」

「ハッハッハ！　そうか、いやぁ楽しみだぜ！　それじゃあよろしく頼むわ」

俺はひとしきり大笑いした後、ミヤの肩を軽く叩いて闇ギルドを出ていった。


「戻ったぜバルザックさん！」

「遅いぞ。誰かに見られたりしてないだろうな？」

「んー大丈夫じゃねぇかな」

「どこ行ってたのよ！」

「これでまた立場が悪くなったらどうするつもり」

どうやら、俺が外に出て息抜きをしたと勘違いしているジェニスとリンが、不満をぶつけてきた。

全く、この俺が一発逆転の手を打ってきたってのに、分からない奴らだ。

「大丈夫だ。もうすぐ、もうすぐ俺達が必要とされる時が来る」

「……何を言っているんだ」

「今俺達がアダムの野郎の悪巧みにはめられてどうするんですか。調子に乗ってるあの野郎と、俺達の事を正しく評価出来ないクソギルマスの馬鹿に分からせてやるんだ」

そうだ。俺達は悪くねぇ。悪いのは俺達の功績を疑うグラーフと、手柄を横取りしようとしているクソアダムだ。

「ダウンズ、何をしてきたかは知らないが、あまり勝手な行動を取るんじゃない」

「分かってるさ。でも、バルザックさんもきっと理解するはずだ。それまで少しの辛抱だぜ」

俺が自信たっぷりに言うと、バルザックさんは満足したのか、深いため息を吐いて酒を煽った。

もうすぐ、もうすぐだ。クソアダムにグラーフ、覚えていやがれ。

◇　◇　◇

「そうか。ご苦労だった」

俺、アダムが鬼岩窟の報告を終えると、グラーフは眉根を軽く揉みながらそう言った。もちろん、ミミルやテロメアの事は伏せてある。

「それとだな」

「まだ何か？」

「アダム君は今、冒険者ランクはB級だったな」

「そうですね」

「どうだ。昇級するつもりはないか？」

「それは構いませんが……」

「あいつらの事だ。おそらく君の力の片鱗《へんりん》すら理解していなかっただろう。そして昇級する必要もないと、そう思っていたはずだ」

「あーまぁ、それは言われましたね。雑用係が昇級する必要はない、みたいな感じで」

「はぁ……」

　グラーフは呆れた顔で宙を見上げ、言った。

「ラディウスへの処分は、S級剥奪《はくだつ》、罰金、一ヶ月の活動禁止を予定している」

「そうですか」

「このまま何事もなければいいのだがな……」

「と言いますと？」

「報復だよ」

「あー」

「一人、血気盛んな奴がいるだろう？　そいつが馬鹿な真似をしないという保証はない。そもそもあいつは過去が過去だ」

　たしかダウンズの事だったか。俺はおぼろげな記憶を口に出す。

「元グラディエーター、でしたっけ」

「いや、そうじゃない。あいつは過去パーティを転々としているのさ。その素行《そこう》の悪さでな」

「あー……もしかして、それと俺が昇級する事が関係あるんですか？」

「はっきりとした実力差を知らしめれば変な気も起こさなくなるだろう、とな」

「そんなまともな思考回路をしてませんよ、あの人は」

「そうかもしれんが……あいつは今、A級だ。そこでアダム君にはS級の試験を受けてもらう」

　いきなり何を言い出すんだこの人は!?

「はぁ!? ちょっちょっと待ってくださいよ！ 無理ですってば！」

「そうか？ 俺はイケると踏んでいるんだが」

「どうしてそうなるんですか」

「簡単な事だ。ラディウスをS級パーティまで押し上げたのは、君の実力によるところが大きいと思っている」

「買い被りすぎです」

「いやいや。初心者装備で鬼岩窟を攻略する人間なんて、俺は君しか知らないぞ」

「それは……お恥ずかしい……」

「それに」

一度言葉を切ったグラーフの目つきが鋭いものに変わり、纏う空気が一変した。

「ぐ……何を」

殺気だ。純粋な殺意。

喉元に剣を突きつけられているようで、俺は思わずゴクリと喉を鳴らした。

グラーフは元S級の上位にいた人間だ。そんな人間が全力の殺意をぶつけてきている。

「こういう事だ」

「……はい？」

ふっと笑みをこぼしたグラーフは、殺気を引っ込めてそう言った。

張り詰めていた空気が一気に弛緩《しかん》する中、俺は何を言われてるのかが分からず聞き返す。

「自慢じゃないが俺の殺気はそれなりのモンでな。Ｂ級程度の実力しかない奴は今ので白目剥いてひっくり返ってるだろうよ」

「はぁ……」

「という事で、アダム君には試験を受けてもらう」

「結局、確定事項だったんじゃないですか」

「まあそう言うな」

グラーフは悪戯っぽく笑い、俺の肩を叩いた。

俺としても昇級出来るのならそれに越した事はないし、断る理由もない。

「それじゃさっそくやろうか」

「もうですか!?」

「実は、既に試験官は呼んであるんだよ」

「仕事がお早い事で……」

「はっはっは！　そうだろうそうだろう！」

グラーフはさらに強い力で、俺の肩をバンバンと叩いてくる。

まさか、既に用意がしてあるとは思いもしなかった。

こうして俺は、Ｓ級昇格試験を受ける事になった。

試験会場に着くと、どこから聞きつけたのか大量の冒険者達がギャラリーとして集まり、ざわついていた。多分グラーフの仕業だろう。

周囲に俺の実力を認めさせ、ギルド内で確固たる地位を築かせるため、といった所か。

「兄ちゃんが私の相手ー？　結構イケメーン」

「……うっそ」

試験場の中央に立つのは、たっぷりとした銀髪を真っすぐに下ろした褐色の肌の少女。

少女は地面に突き刺した身の丈ほどもある大剣に寄りかかり、俺を品定めするように見ている。

「〝剣姫《けんき》〟……スウィフト」

「おー？　なんだ兄ちゃん、私の事知ってんのか！　どーもー。そうだよー皆のアイドル、スウちゃんだよー」

十三歳という史上最年少でS級冒険者まで駆け上り、剣姫という二つ名まで持つ怪物がそこにいた。

スウィフトは俺に向けて手をひらひらと振り、ニカッと笑みを浮かべた。それだけで――

「スウィフトちゃーーん！　こっち向いてー！」

「うおおおおああ可愛いいいいいい」

「尊いいいいい笑顔が尊いよおおおお」

「俺の天使、いや女神スウてゃん……」

「アダムさんまーー！」

オーディエンスのボルテージが一気に上がり、会場が熱気に包まれた。

何やら人の事を相変わらずサンマ呼ばわりする奴が一人いるが、まぁそれはほっとこう。サンマじゃないし。

まるで照明がそこだけを照らし出し、注目せざるを得ないような、そんな強烈な存在感がスウィフトにはあった。

スウィフトはオーディエンスに手を振り、ニカッと微笑みを送る。

それだけでオーディエンスはソウルフルにバーストして、手に持つ光棒石を振り回している。

よく見ればシムスが飲み物やスナックを売り歩いているのが見える。

グラーフに至っては焼き串と……あれはエールか？　昼から酒とかいい身分だなおい。

なるほど、このオーディエンスはスウィフトが来るからという理由で集まったのか。それに乗じて稼ぐとは、グラーフもやり手だな。

「どうしたの？　怖い顔して」

「いや……まさか貴女とは」

「びっくりした？　私もびっくりしたよー。急にグラーフさんから連絡来て、急遽《きゅうきょ》来てくれって言われてさ。予定ずらしてまで来たんだよー？」

「「「ウオオァアァアアアアーー!!」」」

「はは……すげぇな……」

スウィフトがかわい子ぶりっ子のポーズでウインクを一つしてみせると、会場に爆発したかのような歓声が沸き上がった。

スウィフトはS級冒険者としても有名だが、アイドル剣士としてもかなり有名だ。

整いすぎた容姿に百四十五センチという小柄な体躯、守ってあげたくなるような笑顔に仕草、そして豊かに盛り上がった胸部装甲。

この世の男が求めている少女像をふんだんに詰め込んだ存在。

彼女の一挙手一投足に、周囲は熱く激しい風のように荒れ狂う。

そんな光景から付いたもう一つの二つ名は〝歩《ある》く暴風《ぼうふう》〟。

「だからぁー兄ちゃんも——楽しませてね」

「くっ……！」

細められた瞳の色が変わり、突風のような殺意が俺に直撃する。

どうやらこの殺気はピンポイントで当てられているようで、オーディエンスにはなんの影響も見えない。

グラーフの殺気も凄まじかったが、スウィフトの殺気も引けを取らない、むしろ上かも知れない。

奥歯をぎしりと噛み締め、心の中で気合を入れる。

「それでは、始め！」

審判役の冒険者ギルドの職員が、試験の開始を告げる。

「兄ちゃんのリリックを聞かせてよ！」

地面が爆発し、スウィフトが一気に迫る。

大剣は使わないのか、地面に突き刺したままだ。

ちなみにメルトは俺の後ろで臨戦態勢をとっている。スウィフトの事を実力者だと認識しているのか、いつもの軽口を叩く様子はない。

「くうっ！」

爆速の踏み込みを体を捻ってかわし、続く裏拳を腕を使って受ける。

「へぇ！　避《よ》けるんだ！」

「一撃でやられるわけには！」

「面白い！　面白いよ兄ちゃん！」

正直言ってスウィフトの拳速は半端じゃない。

だが俺にだって、リリスやメルト達、サーヴァントのステータスの一部がストックされている。

見える、かわせる。

スウィフトは姿勢、視線、重心、足捌き、全てが洗練されている。

ステータスと経験、鍛錬に裏打ちされた無駄のなさは芸術とも言える。

右、左、上、下、斜め、ありとあらゆる角度からスウィフトの拳、肘、膝、すね、足先が縦横無尽に飛んでくる。

剣を使わないというのはきっと、おそらく、多分、舐めているのだろう。なら使わせてやる！

「よいしょお！」

「きゃっ！」

苛烈な攻撃の一瞬の隙を突き、力任せに肩と肘を同時に叩き込んだ。

スウィフトは実に可愛らしい声を上げて盛大に吹っ飛んだ。

「「ぬおおおおお！」」

オーディエンスのボルテージも上がりっぱなし、熱気は最高潮に達していた。

「兄ちゃん強いね！　でも兄ちゃんテイマーだよね？　なんでそんな強いの？　サーヴァントも使わないし、舐められてるのかな？」

吹っ飛ばされたスウィフトは空中でくるくると回転して自らの大剣の上に着地、涼やかな笑みを浮かべてそう言った。

「舐めてるのはお互い様だろ」

「たーしかにー！　きゃはは！　スウちゃん予想外の展開にびっくりぽん太郎だよ！　それじゃ、本気でやろうか」

「……望むところだ」

「あ、安心してね？　この剣は刃がないから！　でも直撃したら骨の十本くらいはいくからね！」

スウィフトは大剣を抜き、ピタリと切っ先を俺に向ける。

それだけで殺気とは違う強力なプレッシャーが押し寄せてきた。

「メルト」

『はい！』

『頑張るぞ！』

『負けないぞ！』

「第二ラウンド開始だ！」

「せーのー！」

スウィフトの気の抜けた掛け声が聞こえたと同時に地面が爆発し、その刹那、眼前に迫った彼女の剣が横一文字に薙ぎ払われる。

それを紙一重でかわして剣身を蹴り上げる。

「メルト！」

『くらえー！』

『ばりばりー！』

『痺れちゃえー！』

スウィフトの背後に回り込んだメルトの口から雷撃のブレスが放たれる。

もちろん死にはしない程度に威力を抑えたものだ。不規則な雷撃が獲物へと伸びていく。

「へぇ！　さすが！　だけどねー！」

スウィフトは俺から目を離さずに、懐から取り出した小さな金属棒を背後に投擲《とうてき》、雷撃は金属棒に吸い込まれ、爆散した。

『えぇー』

『ずるいよお！』

『何それ何それー！』

仕留めるつもりで放ったブレスがあっさりと処理され不満なのか、メルトは口々に文句を言う。

俺だって仕留められるとは思ってなかったが、僅か五メートルほどの至近距離から放たれた雷撃に反応し、最小限の動きで無効化するとは……

「背中に目が付いてんのかよ」

「そりゃ、後ろでバチバチやっていたら雷撃来るなって思うよ？」

「思うのと反応出来るのは違うだろ」

「んーそうかなぁ？」

顎の下に人差し指を付け、笑顔で小首を傾げるスウィフトだが、目は全く笑っていない。

それでも可憐な笑顔はオーディエンスを惹きつけてやまない。

「んじゃ続きいくよお！」

「こい！」

スウィフトがメルトを越えて後方に跳躍《ちょうやく》し、再度地を蹴ろうとしたその時。

「そこまで！」

審判役の試験終了の声が割り込み、激闘は唐突に幕を閉じたのだった。

「「おおおぉぉぉおおお!!」」

それと同時に沸き起こる歓声が会場を揺らし、スウィフトを見れば肩を竦《すく》めて笑っていた。

「お疲れ様ー、おめでとう！」

「え？」

「え？　じゃないよ、S級合格おめでとう兄ちゃん」

「え、いや俺は」

「文句なしの合格だ、アダム君！」

観客席から跳躍して、戸惑う俺の前に着地するグラーフ。

そしてぱちぱちと手を鳴らす。

「合格ってどういう……？」

「んもー！　兄ちゃんは、このスウちゃんの本気の一撃をかわしたんだよ？」

「あ」

「そう、つまりアダム君には、スウィフトの剣が見えていたという事だ。それはＳ級に値する力量ではないかね？」

「ぶっちゃけー、避けられるとは思ってなかったから、スウちゃんショックー」

ほっぺたを限界まで膨らませたスウィフトが、目を伏せてプリプリと怒っていた。

そうか、俺は剣姫の一撃を。

その事実を噛み締めると、心の奥底から喜びがジワジワと湧き出して弾けた。

「やった!!」

『『やったねマスター！　さすがはマスター！』』

「メルトちゃんも凄かったよー！　それにケルベロスなんて初めて見たし！」

『えへへー』

『すごいかなぁー！』

『そうだといいなー！』

メルトはスウィフトに撫でられながら、尻尾をちぎれんばかりに振って喜んでいた。

「そもそも初めに拳の応酬があった時点で、合格ラインにいたのだ」

「そう、ですか」

「スウィフトが本気ではなかったとは言え、コイツの拳と殺気に耐えられる奴は、そういないからな」

と、グラーフ。

こうして俺は、無事にＳ級冒険者として、認められたのだった。

「「「アーンコール！　アーンコールー！」」」

会場に響き渡るコールを聞きながら、俺は拳を、メルトは尻尾を高く掲げて会場を後にしたのだが――

「アッダムさーーん！」

「ぶわっ！」

試験会場から出た直後、リリスからドロップキックならぬドロップ抱きつきを食らった。

「おめでとうございます、アダムさん！　私は、いえ、職員の誰もがきっと受かると信じていましたよ！」

「あ、ありがとうございます」

いつのまにか横にいたシムスが、手を叩きながらそう言った。

「どうぞ。これがS級の証です」

「おお、これが……」

「虹色にキラキラしてますね、綺麗です」

シムスから受け取ったのは菱形のプレートだった。

光を浴びて虹色に輝くそれを見て、本当にS級になれたのだと実感する。

紆余曲折があったものの、ラディウスを抜けてから、全てがいいように転がっていて少し怖いくらいだ。

だがしかし、慢心せず、勝って兜《かぶと》のなんとやらだ。

これからはより厳しい依頼が舞い込んでくるはずだ。

「アダムさんアダムさん、今日はお祝いですね、お祝いしましょうそうしましょう！」

「ん、そうだな。ここ最近忙しかったし、そういうのもいいな」

「わぁい！　聞いたメルト！　お祝いよ！」

『お祝いーー！』

俺がリリスの提案に頷くと、メルトもぴょいんぴょいんとその場でジャンプしている。まあ、きっとお祝いの意味は分かっていないだろうが。

なんせメルト——メイ、ルクス、トリムをテイムしてからお祝いなんてイベントは一度もなかったからな。

いや、あったにはあったけど、俺はハブられてたし。

「アダムさんアダムさん、私、ちゃんと綺麗にしておきますね！」

「ん？　何をだ？」

「んもう、花も恥じらう乙女にそんな事聞くんですか？　あ、あえて言わせて恥ずかしがる顔を楽しみたいとか？　そういう趣味ならまぁ、やぶさかではありませんけど……」

「おい待て、何を言ってる」

「え？　お祝いした後はベッ――」

「おいそれ以上は言うんじゃない」

「きゃいん！」

俺はリリスの言おうとする事を察して、言わせないようにツッコみ、とりあえずリリスのおでこにチョップを入れた。

リリスの脳内ピンクはどうにかならないのだろうか。

いやそりゃ俺だって男だし、そういう事に興味がないわけじゃあないし、むしろある方だけど、そういう経験がないっていうのもあるし、それにあああもう！

そのうち寝込みを襲われるんじゃあないだろうかと、内心バクバクなのである。純情なのである。

こんなにドストレートに好意をぶつけられたのは生まれて初めてなものでね。困惑しとるんですわ、はい。

「そうと決まればさっそく食事処を探しましょう！」

「あ、あぁ。お前本当に切り替え早いな」

「出来る女は引き際を心得ておりますので！　えへん！」

「えへん、て……まぁいいや。それじゃ行こうか」

こうして俺はグラーフの提案で、冒険者ランクがB級からS級に飛び級した。

後日談にはなるが、俺のような飛び級した人間はギルド初だったらしく、ギルド内にその旨がデカデカと張り出されたのだった。

第六章　光と闇

クレセント聖教会本部、レヒトルミナス大聖堂の前に辿り着いた私は、大きく息を吸い込んで、吐き出す。

ラディウスと決別し、アダムさん達と別れた私は、大教主様へ今回の件を報告すべく遠路はるばるこの地に戻ってきた。

荘厳にそびえる大聖堂は尖塔《せんとう》が天に伸び、大きな薔薇窓《ばらまど》と大きな扉が圧倒的な存在感を見せつける。

「久しぶりだな。怒られるかな」

クレセント聖教会の期待を一身に背負い、大教主様のはからいで、当時凄い勢いで実績を上げていたラディウスに入る事になった。

実際は、一年とちょっとしか経っていないけど。

でも、慣れ親しんだ地に戻るというのは、こんなにも心が落ち着くものなのね。

「モニカ様……？　そうだ！　やっぱりモニカ様だ！」

「あらあら、パメラじゃない、元気してた？」

「はい！　いつこちらにお戻りになったのですか⁉　ひょっとしてあの勇者パーティラディウスもここに⁉」

大聖堂の前で感傷に浸る私に声をかけてきたのは修道騎士のパメラだ。

品行方正で文武両道、神への信仰心も人一倍のまさに修道騎士の鑑《かがみ》というべき子なのだが、私への懐き方も人一倍という変わった子だ。

私はそんな懐かれるほど出来た人間ではないのに。

「いえ、私は……ラディウスから脱退したの。色々あってね」

「あ……そう、なんですか……」

「そんな落ち込んだ顔しないで？　私まで悲しくなっちゃうから」

「ご、ごめんなさい。でも……モニカ様、以前よりなんだか神々しさが増したというかなんというか……」

「あらほんと？　ありがとう」

「やっぱりS級パーティと共に歩んだ事により魂が昇華したのでしょうか」

「ふふ、どうでしょう。それより大教主様はいらっしゃる？」

「はい。大教主様は……今はおそらく執務室にいらっしゃるかと思います！」

「そう、ありがとう」

「はい！　それでは失礼します！」

パメラは他に用事があるのか、挨拶をすると慌てて走り去っていった。

その後ろ姿が見えなくなるまで見送った私は、ふんす！　と鼻息を荒く吐いて気合を入れ、大聖堂に入って執務室へと向かった。

「大教主様、いらっしゃいますか？」

「ん……？　その声は！　入っていいですよ！」

「失礼致します」

執務室の扉越しに懐かしい声が聞こえ、私は扉を開けて中へと入った。

「おお！　やはりモニカでしたか！　お久しぶりですね」

「お久しぶりでございます大教主様。この度はご報告があり参じた次第でございます」

「報告、とな」

「はい。実は」

そこまで言ったにもかかわらず、その先の言葉が出てこない。

今の私は大教主様の期待を裏切りここにいる、そう考えてしまうと、喉が張り付いたようになり、言葉が出てこない。

「……どうしましたか。ゆっくり話してください」

「はい……実は、その……」

「ラディウスを抜けてきた、ですか？」

「どうしてそれを！」

「ふふ、私は曲がりなりにも大教主。自分の大事な子を送り出したのです、何かあればすぐに報《しら》せが入るように手配していたのですよ」

「そんな……気にかけていただき、感謝致します……」

「何があったのかは知りませんが……貴女がラディウスを抜けたというお話は、ギルドからいただいております。理由を話してくれますか？」

「はい」

私はラディウス内で起きた事、葬滅の大墳墓で起きた事を大教主様に話した。

もちろん私が一度死に、ユニコーン様の魂のおかげで蘇生した事は伏せて。

「そうだったのですか……大変な思いをしましたね」

「ありがとうございます」

「ですが……可愛い我が子がこうして大きく成長して戻ってきてくれた事が何よりの喜び。モニカ、貴女は今非常に神々しく清らかです。そう、まるで貴女の魂が人間ではない高貴な者と一体化しているかのように」

「……え？」

心臓がバクバクと早鐘《はやがね》のように鳴る。

ユニコーン様の存在に気付かれた？

なんで、どうして分かるの、という疑問が頭に次々と湧いてくる。

「モニカや。私は大教主です。その人の魂のありようは、多少なりとも感じ取れる。貴女と、貴女の持つ錫杖からは大いなる聖の気を感じます。おそらくそれは、神器級《じんぎきゅう》と同程度の強力なもの……モニカ、その錫杖を渡しなさい」

大教主様の声がどこかどす黒く聞こえ、私の指がカタカタと震え始める。

いつもの大教主様ではない何かと話しているような気がする。

ユニコーン様の魂と同化したからか、邪《よこしま》な欲望や思いに敏感になっているみたい。

「それ、は……」

「どうしました？　その錫杖は、貴女のような小娘が持つものではありません。私のような選ばれし者のみが持つ事を許される。モニカ、分不相応という言葉を知っていますか」

「や……嫌……こな、来ないで！」

大教主様に肩を触られ、ビクン！　と体が跳ね、思わず大教主様を突き飛ばしてしまった。

「おやおや……聞き分けのない子だ。おい！」

大教主様が声を上げると、扉の外から警備兵がどかどかと入り込んできた。

「この娘を捕らえよ。私に暴力を振るいおった！」

「なんと！　我らを導きし偉大なる大教主様への狼藉《ろうぜき》！　許されぬ！」

「ちが……違うのです……そんな……大教主様！」

「連れていけ！」

数人の警備兵に囲まれてしまった私は大した抵抗も出来ず、錫杖を取り上げられ、そのまま牢屋に入れられた。

あぁ……アダムさん……リリスさん……メルトちゃん……助けて……

牢に入れられて何日経ったのか。

食事も水も最低限しかもらえず、石の床は冷たく、ベッドも硬く埃《ほこり》とカビにまみれている。

「ふふ、お似合いだなぁ」

ラディウスにいたのは一年余り。その間ずっとアダムさんは虐《いじ》められ、蔑ろにされ、侮蔑《ぶべつ》され、唾棄《だき》されてきた。

それを救わず、ただ見ているだけの怠惰《たいだ》な生活を送ってしまった事への罰。きっとそうだ。

アダムさんは許してくれても、神はお許しにならないのだ。

アダムさんに回復薬の空瓶が投げつけられた時、この身を壁にして守ればよかったのだ。

アダムさんが部屋を与えられず、厩で寒さに凍えている時、私の温もりで温めてあげればよかったのだ。

それから……それから……数え出せばキリがない。

たとえ最後にこの命を投げ出して守ろうとしたとしても、そんなのは偽善なのだ。

善行というのは日々の積み重ねなのだ。

これは罰、私が聖職者としての務めを果たさなかった罰。

ならば私は、これを甘んじて受け入れなければならないのだ。

「ごめんなさい……ごめんなさい……」

頭の中が、胸の中がその言葉で、謝罪の言葉で、後悔の言葉で、自らへの侮蔑の言葉で、許されざる罪への懺悔《ざんげ》の言葉で、ただひたすらにその言葉が浮かんで、浮かんで、浮かんで、自分の心が自責の念にズブズブと沈んでいく。

アダムさんはいつもいつも笑い、わんちゃん達と戯《たわむ》れて楽しそうで、嘲《あざけ》りや侮蔑の言葉などなんでもないような顔をして雑用をしていた。

彼こそ真の聖職者なのかもしれない。

恥ずべきは私、アダムさんにパーティを抜けるべきと提言した時、私は何を考えていたのだろう。

きっと見ていられなかったのかもしれない。

彼の扱いがひどいからではない。

彼の心が真っ直ぐで頑強で誇り高くて崇高《すうこう》で、眩しくて見ていられなかったのかもしれない。

何もしなかった私には、落ちぶれた聖職者には彼は眩しすぎたのかもしれない。

神は見ていらっしゃる。けどどうして、どうして。

「大、教主様……」

私の魂にある高貴なもの、ユニコーン様の魂、そしてユニコーン様の魂の残滓である聖杖ユニコーンズホーン。

大教主様は、その輝きに当てられたとでも言うのか。

きっと、そうだろう。

魂を感じられるからこそ、欲に目が眩《くら》んだのだろう。

信心深く、等しく手を差し伸べる慈愛の塊のような大教主様を、狂わせるほどの輝き。

「どぉしてぇ……うっく、ひぐ……」

――強い力を持つ者は大抵狙われるもの。妬み、欲望、憎しみ、エトセトラエトセトラ……人間とはそういう生き物なのだから。貴女もそれは分かっているでしょう？――

リリスさんに言われた事が思い出される。

「うぅ、リリスさぁん……わだじ、ごんなごどになるなんて思ってながっだよぉお……ええん……うぇぇえん！　ごんなごどになるならぁ！　あのどぎいぎがえりだぐなんでながっだよぉおお！」

泣いた。

喉がガラガラになるまで叫び、吐き出し、慟哭《どうこく》した。

私に生き返る価値なんてなかったのだ。

浅ましい聖職者もどきなぞ、モンスターに喰われてそのまま冥界《めいかい》に行けばよかったのだ。

でも。それでも浅ましい思いは私の心を掻き乱す。

でも。それでも私の口からそれが出るのを止める事は出来なかった。

「アダムざぁん……リリズざぁん……メルトちゃんんん……助けてよぉ！　私死にたくないよぉ！　もっと、もっとやりたい事たくさんあるのぉ！　助けて……たすけて……」

来るはずもない。届くはずもない。聞こえるはずもない。

それでも言いたかった。縋《すが》るしかなかった。

助けて、アダムさん。届くはずのない願い。

けど、だけど——

その時、胸に揺れるネックレスが淡い光を放ち始めた。

◇　◇　◇

「ん？」

王都の一角にある食堂、銀楼亭《ぎんろうてい》にて鬼岩窟調査の打ち上げをしている時の事。

「アダム様、どうしたんですか？」

「いや……なんか今呼ばれたような気がして」

「呼ばれた……」

「おい、リリス、なんか胸の所光ってるぞ？」

「これは……まさか。早すぎる……」

「早いってなんの事だ？」

「えーっと、結論から言うと、モニカさんの身に何かが起きましたわ」

「なんだって⁉」

淡々と話すリリスとは対照的に、俺は思わず大声を出してしまい、店内の視線が一気に俺へと集中してしまった。

「何かってなんだよ」

言葉のニュアンスに良い事ではないものが含まれているため、無性に不安になる。

「分かりませんわ。ですが、モニカさんにお渡ししたネックレスは、私のこのネックレスと対《つい》になっており、所持者になんらかの事態があれば知らせてくれるのです」

「良い事、じゃないよな」

「そうですね、事の度合いは分かりませんが……最悪、命に関わるかもしれませんわね」

「おい……まじか。モニカの居場所は分かるのか？」

「漠然と、ですが……ここより南方に六百キロほど行った所ですね」

「モニカはクレセント聖教会本部に帰ると言ってたし、その距離だと、おそらくもう着いているはずだ。向こうでトラブルに巻き込まれたか」

「その可能性は十二分に考えられます」

「助けに行くぞ」

「分かりました」

「随分素直だな」

「いけませんか？」

「いや……」

「ですがどうしましょう。今から向かうには遠すぎるかと思いますが」

「リリスが全力でダッシュしたら何日かかる」

「ふふ、アダム様もひどい事を仰いますね。私の全速力でしたら十時間もかかりませんわ」

「……まじで」

「はい」

満面の笑みで胸を張るリリスが、ここまで頼もしく見えたのは初めてだった。

銀楼亭での食事を切り上げ、店の裏に回った俺は、モニカを厩舎に入れられないかと思って試してみた。だが、距離が遠すぎるという理由で発動しなかった。

「ダメだな」

「やはり」

一応モニカは俺のサーヴァント扱いなので、厩舎の効果範囲に入れられれば、救出する事が可能だ。

でも、問題が一つ。リリスは全力で走って十時間ほどだとしても、俺はそこまでの速力は出せない。

ならばどうするか。無理矢理その速度まで引き上げればいいのだ。

王都から一番近く高い山の頂上へ移動した俺は、厩舎からテロメアを呼び出した。そして俺の考えを伝えると――

『委細承知《いさいしょうち》、お任せください』

「頼むぞ。全力だからな」

俺の考えた案。

それは出来るだけ高い所からテロメアに全力でぶん投げてもらう事だ。

高い所＋デカいテロメア＋剛腕＋全力投擲＝めっちゃ速い。

そんな単純な理屈だ。

風圧やらなんやらと解決すべき問題はあるが、今は最速で辿り着く事こそが優先だ。

投擲された瞬間にテロメアを厩舎へ格納。

重力に引かれ落ちていくのは必至だが、着地地点に再びテロメアを呼び出してキャッチしてもらう。距離が足りなければ再度投擲。これを繰り返していけば、かなり早く到着出来るだろう。

秘技、キャッチアンドリリース高速移動法。

ストレッチをしているテロメアの背後で、俺はストックされているスキルを思い浮かべる。

そしてその中に最適なスキルを発見し、思わず顔が綻《ほころ》んだ。

そのスキルは【聖壁《せいへき》】。

モニカがユニコーンと融合した際に獲得した、外部からの攻撃を一切遮断するというスキルだ。

モニカをサーヴァントにして得た恩恵を、彼女を救い出すために使用する。なんとも妙な感じである。

『主よ、我はいつでも』

「頼む」

「アダム様！　先に行きますね！」

テロメアに担がれる俺にウインクを投げたリリスは、大地を蹴って南方へと爆走を始めた。

土煙が立ち上り、良い目印になる。

「テロメア、あのラインに沿ってぶん投げろ」

『かしこまりました。では行きます……ふんんぬううう！』

「ぐっ！」

テロメアが大きく身を捩《よじ》り、全力で俺を投擲した。

投石機のように射出された俺に凄まじい風圧が襲いかかる。

テロメアは収納済みで、厩舎の中でガッツポーズをしている。

「【聖壁】！」

全身の骨が持っていかれそうになる衝撃に耐えながらスキルを発動。

途端に体が軽くなり、呼吸もスムーズ、眼下には平原を突っ走るリリスの姿が見えた。

ぶんぶんと俺に手を振る様子を見ると随分余裕そうだ。

どのくらいで下降が始まるかは分からないが、しばらくは空の旅を満喫するとしよう。


テロメアのキャッチアンドリリースを繰り返し、俺はようやくモニカがいるであろうクレセント聖教会本部のあるセレンティア法国との国境に到着したのだった。

「でけぇ……ここからでも見えるな」

「そうですか？　あんなもの、幻獣界にある私の実家に比べたら」

「そんなとんでもないものと比べるな！」

セレンティア法国の中央には小高い丘があり、その上ではクレセント聖教会本部であるレヒトルミナス大聖堂がその威容を誇っている。

大聖堂は観光地にもなっているらしいけど、今はそんなのどうでもいい。

「くそ……！　まだダメか」

国境を越え、セレンティア法国の都市部に入り込むが、厩舎は相変わらず距離が遠いと言って反応しない。

「効果範囲の距離が分かればいいのですけど」

リリスがポツリと呟いたその言葉に、俺はハッとしてリリスを見た。

待てよ、そもそもこの厩舎の効果範囲ってどれくらいなんだ。

モニカを助ける事で頭が一杯になり、そんな事を考える余裕もなかった。

「えっ、えっ、えっ？　ど、どうしたんですかアダム様、そんなに見つめられたら私、はつじょ」

「やめろ。どうしてリリスはそうなんだ……」

「どうして……って理由が必要でして？」

「分かった、俺が悪かった」

「んん⁇」

小首を傾げるリリスを横目に、スキルの効果範囲を強くイメージしてみる。

すると――

「厩舎に入れられるのは、俺を中心に半径二十五メートルらしい」

「狭いのか広いのか分かりませんね」

となるとモニカは半径二十五メートル圏内にはいないという事だ。

「本部に行くぞ。モニカはそこを訪れたはずだ。何か分かるかもしれない」

「はーい！」

「何も起きないとは思うけど、一応用心しておけ」

「はぁーい！」

丘の上に佇《たたず》むレヒトルミナス大聖堂。モニカの手がかりが必ずそこにあるはず、と意気込んで駆け出した。

その道中、冒険者ギルドの看板が目に入った。

もし、もしも大聖堂で手がかりが得られなければ、次はここに来よう。

大聖堂に近付くにつれて人が増え、歩かざるを得なくなってしまった。

のんびりと歩いている間にも、モニカの身が危ないのかもしれないというのに、焦りばかりが増していく。

「アダム様、目が怖いですよ。落ち着いて」

「すまん、つい」

「大丈夫ですよ。モニカにはユニコーンが付いていています。それにほら」

リリスはそう言って胸元から淡く光るネックレスを取り出して笑う。

「これ、ずっと光っているんです」

「うん？」

「つまり、光り始めてから今までモニカさんは生きているという事」

「うん？　つまり？」

どういう事だ？

「推測ですけど、多分モニカさんはどこかに捕らえられていますわ」

「何で分かる？」

「ひどい事を言うかも知れませんが、仮にモニカさんが死んでいたらアダム様が一番に気付くはずです。何しろモニカさんはアダム様のサーヴァントなのですから」

「そう、だけど」

確かにリリスの言う通り、俺の中からモニカが消失した感じはしない。

「つまり、死んではいないけれど、危機的状況となると、そういう事かと。もしかしたら軽い拷問《ごうもん》を……受けているかもしれません」

「拷問だと!?」

「あくまでも推測です。お気を確かに」

「くそ……どこのどいつだよ……」

「けど、少し妬いてしまいます」

「え？」

「確かにアダム様のおそばにいた時間は、モニカさんの方が長い、それは仕方ありません。ですが、こう離れていてもそこまで心配される。それは女冥利につきますのよ」

いつもより数段声のトーンを落とし、憂えるような目を地面に向けるリリス。

初めて見せるその表情に、俺は不覚にもドキッとしてしまった。

「……馬鹿野郎、これがお前でも俺は同じように心配するよ」

「ほんとですかっっっっ!?」

「うわビックリした！」

いきなり大声を上げるな。心臓に悪いだろうが。

「えへへえへへ心配してくれるーえへへえへ」

「はいはい」

俺の腕に腕を絡めて、頬をスリスリしてくるリリスの頭を軽く撫でてやる。

え？

「はわーなでなでーえへへえへへ」

「ばっ！　ちが！　今のはつい反射的にだな！」

自分で取った行動に思わず焦るが、リリスはそんな事などかまやしないとさらにスリスリ。

そしてはっ！　とした顔を俺に向けた。

「反射的にって事は、こういう事されたら誰にでもヨシヨシするんですか!?」

「だぁーもう！　そうじゃなくてだな！」

「さすがはアダム様、やりますねぇ」

「違うって言ってんだろ！」

そんなやり取りをしていると、やっとこさ大聖堂の前に辿り着いた。

人の多さに辟易《へきえき》しながら、俺は話を聞けそうな人物を探す。

「あの、すみません」

「レヒトルミナス大聖堂へようこそ！　何かご用でしょうか？」

大聖堂の門前に立っていた騎士風の女性に声をかけた。

「人を捜しているんですが……」

「人捜し？　迷子ですか？」

「いえそうではなくて……モニカって人を知ってますか？」

「モニカ様ですか？　はい、存じ上げておりますよ。数日前にいらっしゃいました」

数日前ということは、既にここにいない可能性もあるのか……

「失礼ですがどのようなご用件でしょう」

「えと、俺は以前一緒のパーティにいてですね」

そう言った途端、少し訝《いぶか》しげな顔をしていた女性が一気に目を輝かせ始めた。

「へぇっ!?　という事はラディウスのお方ですか!?」

「あ、うん、まぁ、元が付くけどな。モニカと一緒に抜けたんだ」

「そうですか……」

目を輝かせたと思えば、今度は落胆、忙しい人だな。

「あっ！　申し遅れました！　私、修道騎士のパメラと言います！　以後お見知り置きを！」

「えっとアダムです、そんでこっちはリリス、仲間です」

「よしなに」

お互いにぺこりと頭を下げて握手を交わす。

パメラの訝しげな表情は消え、人懐っこい表情になっていた。

「モニカを捜してるんだが、心当たりはないか？」

「んー、大教主様に謁見《えっけん》されてからは一度もお会いしていません。冒険者ギルドの方に行かれたのでは？」

「そうか……ありがとう」

「いえいえ！　モニカ様に会われましたらよろしくお伝えください！」

パメラと別れた俺達は、大聖堂の中庭に移動して空いていたベンチに腰を下ろし、ため息を吐いた。

「大教主様に会って、聞いてみるしかないか……」

「モニカさん、どこに行ってしまったのでしょう」

「モニカ……？」

「「へっ!?」」

リリスがそう呟いた直後、ベンチの後ろの茂みが突然言葉を発した。

驚いて振り向いてみた所、茂みがガサガサと揺れて初老の女性が現れた。

どうやら茂みが言葉を発したわけではなく、その後ろにいた女性が発していたようだ。

「モニカがどうかしたのですか？」

「あ、えっと……そのですね」

この人もモニカを知っているのか。

まぁでもよく考えたら、モニカは聖女って言われてたし、ここでは知らない人の方が少ないのかもしれない。

「私達の友人であるモニカが消息を絶ったもので、こうして捜し回っているのです」

きょとんとしている女性に、リリスが言う。

「まぁ！　モニカなら何日か前に、ここに来たと聞いているわよ？」

「はい、それはパメラ……修道騎士の方に伺いました」

「大教主には会った？」

「いえ」

「それじゃあ会いに行きましょうか。モニカは彼に会いに来ました、彼なら何か知っているかもしれません」

「いいんですか？　大教主様となると我々のような者が簡単には……」

「何を仰るのですか。お名前は存じ上げませんけれど、その胸に輝く菱形のプレートは、選ばれし冒険者の証ではありませんか」

「え……分かるんですか」

「はい。私も大昔は冒険者パーティの一員として、色々な所に行ったものです」

「そうだったんですか」

「はい。今でこそ皆散り散りになってしまいましたけど……あの時の絆は決して消える事はないでしょう」

女性は中庭から見える街の景色をぼんやりと見つめ、優しく微笑んでいた。

「あの、アダムといいます。こっちはリリス、です」

「ご丁寧にありがとうございます。私はクリシュナと申します」

慌てて自己紹介を済ませ、導かれるままに大聖堂を歩く俺達。

クリシュナ、どこかで聞いた事があるような、ないような……

柔和な笑顔、全てを包み込み許すような寛大さと慈愛が、全身から溢れ出している。

言うなれば歩く大聖堂のような荘厳さであり、これこそが聖職者であると言わんばかりのものだ。

「どうしました？　私の顔に何か付いていますか？」

「あっ、ちが、そういうのではなくて……」

「ふふ……この歳になってもじっと見られるのは少し、恥ずかしいですね」

「アダム様は……熟女もいけると……なるほど」

「馬鹿！　聖職者の前でなんて事言うんだ！」

「ふふふ……面白い方ですね。そして優しい」

「優しい？　リリスがですか？」

「はい。アダムさんの不安を和《やわ》らげようと一生懸命、健気《けなげ》に振る舞われていると、私は思いますよ」

「おほほほ！　なんの事でございましょうおほほほ！」

リリスはどこか慌てたように手をパタパタと振って、ニコニコしている。

「ふーん……そんなんじゃないと思いますけどね……」

ただの本心、本能だと俺は思うけど、ここでそれを言うのも違うと思い、口を噤《つぐ》んだ。

「さ、着きました。入りますよ」

クリシュナが良く手入れされた木の扉を軽くノックし、ドアノブを捻って扉を開ける。

中にはどっしりとした執務机が置かれており、一目で優れた匠《たくみ》の手による物だと分かる。

「こっこれはっ！　なぜ貴女様が！」

「励んでいるようですね、ノーザン大教主」

執務机に座っていた男、ノーザンはクリシュナの姿を見るなり飛び上がり、いそいそと前に出てきた。

「この方々がモニカを捜していると仰っています。何か知りませんか？」

「モニカを……？」

クリシュナの言葉で背後に俺達が控えている事に気付いたらしい。

ノーザンは舐め回すようにジロジロと俺達を見た後、

「知りませんな」

と経緯も聞かずに一蹴する。だが俺は見た。壁にかけてあるものを。

「聖杖ユニコーンズホーン……どうしてここに」

「どうした？　文句でもあるのかな？」

ノーザンは俺の言葉に一瞬だけピクリと反応を見せ、ユニコーンズホーンを隠すように体を動かした。

「あら、随分と……いえ、かなり強力な杖がありますね。とても清らかで高潔な、そして力強い魔力を感じます。あれはどうされたのです？」

クリシュナがそう尋ねると、ノーザンはビクリと肩を跳ね上げた。

「い、いえ、これはその……敬虔《けいけん》な信徒がですね」

「本当ですか？」

「ほ、本当です！　私が教皇様に嘘を吐くとでもお思いですか！」

「教皇様!?」

ノーザンの口から出た衝撃的な言葉に思わず大声を出してしまった。この人が教皇様だと……

そうとは知らずにペラペラと話してしまったけど失礼な事しなかったかな……

今更になってビビり始める俺だが、クリシュナは構わずに話を続けた。

「そうですか。ならば結構ですが」

「待ってください！」

クリシュナが追及をやめようとした時、俺は言わなければならない事を口にした。

「その錫杖は、俺とモニカが共に戦った際に得た物です。なぜそれがそこにあるんですか」

「なっ！」

「ほう……という事ですが、どうなのです？」

ノーザンは憎々しげな眼差しを俺に向けてくるが、それはこっちがやりたいくらいだ。

俺は確信した。モニカの事にはコイツが絶対絡んでる。

「これは……その、モニカがくれたのです！」

「敬虔な信徒、と先ほど言いませんでしたか？」

「も、モニカも敬虔な信徒に変わりはないでしょう？」

「嘘ね。下手な芝居はやめなさい。貴方それでも聖職者なの？　次から次へと嘘を並べて……聞いていられないわ」

リリスは冷静なようだが、その口調からは怒りが感じられる。

俺だって怒っている。

「ノーザン大教主、その錫杖をこちらに渡しなさい」

「そんな！　これは私が選ばれし存在としての！」

「黙りなさい！　この外道《げどう》！　私が今まで貴方のしてきた事を知らないとでもお思いですか！」

ここにきてクリシュナがキレた。さぁどう出る？。

モニカに何をしてどうなったかは分からないが……ノーザン、お前は終わりだ。

クリシュナがキレてからのノーザンは早かった。

壁にかけてあるユニコーンズホーンを手に取り、あろう事かその先をクリシュナへ向けたのだ。

「ノーザン大教主、どういうおつもりですか？」

「ひひ、へへへ……クリシュナ様がここで倒れれば、教皇の座が空きますな……」

「私を討つと？」

「おと、大人しく引き下がらないからこうなるんです。クリシュナ様が悪いのですよ！」

予想外の展開に俺とリリスは目が点だ。

血迷った、としか表現出来ないノーザンの行動は、クリシュナも予想外だったようで若干戸惑っている。

しかし――

「がっ！　な、何が……」

地に伏せたのはノーザンだった。

錫杖を手にしているが、床に膝と手をつき、頭を差し出すようにしている。

「【断罪《だんざい》の平伏《へいふく》】。貴方は……私を舐めているようですね。私はこれでも元冒険者、S級パーティの守護の座にいた女ですよ」

「うそぉ」

「凄いじゃない」

クリシュナからまさかの告白が飛び出たが、驚いたのは俺とリリスだけ。

ノーザンは忘れていたのか知らなかったのか、とにかく一生懸命抵抗しているようだが、きっと地力が違うのだろう。

「警備兵！　この者を捕らえよ！」

クリシュナの指示で、控えていた警備兵がドカドカと部屋に押し入ったものの、平伏するノーザンとクリシュナを交互に見て困惑している。

「捕らえよ」

「は！」

クリシュナの有無を言わさぬその一言を聞き、警備兵は素早い動きでノーザンを縛り上げていった。

「……警備兵よ、モニカを知りませんか？」

クリシュナがモニカの行方を警備兵に聞いてくれている。

「は……？　モニカ……先日捕らえた女性の事でしょうか」

「それだ！」

「うわっ！　なんだね君達！」

「モニカは！　モニカはどこに！」

ノーザンを縛り上げた警備兵を、俺は乱暴に揺する。

「ちちちちっちちかろ地下牢だよよよ」

「ありがとう！　行くぞリリスっぺあっ！」

警備兵を放り出して駆け出そうとした俺の襟首をリリスが掴み、首がキュッと締まって変な声が出た。

何すんだよコノヤロウ。

「アダム様、落ち着いてください。アダム様は地下牢の場所をご存じなんですの？」

「あ……」

「はぁ。ダンジョンでの慎重さはどこへ？　しっかりしてくださいませ」

「ご、ごめんよ……」

「警備兵、地下牢まで案内してください」

「教皇様の御心のままに」

クリシュナが警備兵に指示を出してくれたおかげで、俺とリリスは地下牢へと向かう事が出来た。

薄暗い地下牢がいくつも並ぶ通路を、警備兵に連れられ進んで行くが……

「あんた、あの子の友達かい？」

「え？　あ、はい、元々同じパーティで……」

「そうか。教皇様の命だから、釈放《しゃくほう》は可能なんだが……」

警備兵の様子がどうも変だ。

物凄くかわいそうな目で俺を見てくる。

そして、モニカが収監されている牢に着き、俺は言葉を失った。

「ごめんなさいごめんなさいごめんなさい――」

そこには横たわって膝を抱え、謝罪の言葉を繰り返すモニカの姿があった。

目の焦点があっておらず、生気も感じられない。

俺がここに立っている事にも気付いていない。

そう――モニカは壊れていた。

◇◇◇

ここはどこだろう。

ぽかぽかしてきもちいい。

ぽかぽか、ふわふわ。

ゆれている、ゆられている、ゆらゆらゆるゆる。

ここはどこ？

誰かが私を呼んでいる気がする。

でも誰だか分からないし、声がとても遠いの。だから私は深く深く、ずぶずぶとふわふわでゆらゆらの中に沈んでいく。

『ごめんなさい』

ごめんなさい。

私はきっとこの言葉に縋るしかない。私は自分が許せなくなった。

こんな自分なんて消えてしまえと願う。でも、浅ましく惨めに生にしがみつく私もいて、それが滑稽《こっけい》で哀れで弱くて儚くて。

ここはどこ。わたしはだれ。

私という存在が、概念が崩れていく。

私がわたしになりワタシがわたしわたし。

アダムさん、私は、貴方に許してもらいたいのかもしれない。

『アダムさんてだれ』

鏡に映ったワタシがわたしに問いかける。

アダムさんは、高貴で強い、太陽のような人。

『罪って何？』

罪は罪、許されざる事、やってはいけない事。

『誰が決めたの』

誰が？　誰だろう。誰でもない誰か、私ではない誰か。

『あなたはだれ？』

私はワタシ、わたしではなくワタシ、でもワタシがさらに私になってその上をわたしが覆い私にワタシが……

『こわれている』

こわれる、そうだ、こわれる、跡形もなく、粉々に。

体がダメなら心を壊そう。

ガラス細工のように叩きつけて粉微塵、粉微塵になった破片の上でダンスを踊りましょう。

くるくる、ふわふわ、くるくる。

破片でズタズタに引き裂かれた足の裏はきっと美しい足跡を残すわ。

『……ニカ』

足裏から流れ出る血はやがて乾き、剥がれ落ち、私という存在をより微細なものへ。

『モニカ』

あなたはだれ。

『私は貴女、貴女の魂に寄り添う者』

とてもきれい、眩しくて、気高い。

『起きなさいモニカ』

どうして？

『貴女は起きねばならない。王がそれをお望みです』

王が、望んでいる。

『そう。我らの王、森羅万象の王がかくあれかしと言うならばそれが定め。楔《くさび》となって理となりけり』

『目覚めなさいモニカ、私は貴女の魂と共に、かくあれかしと望まれた者』

私は起きねばならない。

そう、私はここではない場所へ行かなければならない。

王が、アダムさんがそう望んでいる。

「…………カ」

声が――聞こえる。

「モ……カ！」

眩しい、でも、温かい。

「モニカ！」

私は、貴方と共に生きよう。

貴方がそう望むのならば。

◇　◇　◇

「モニカ！　しっかりしろ！」

「ごめんなさいごめんなさい――」

「……ダメですアダム様、モニカさんの精神は完全に……」

「馬鹿野郎！　まだ間に合うかもしれないだろ！」

うわ言のようにごめんなさいと呟き続けるモニカを医務室へ運び、懸命に呼びかけるが、反応はない。

クリシュナが精神安定の法術を施してくれているものの、その表情は暗い。

しばらく術をかけ続けてくれたが、やがて首を振ってモニカから離れた。

「どうしてやめるんですか！」

「アダムさん、モニカはもう……」

「くそっ！　どうして！　どうしてだよ！　逝《い》かせない！　壊れるなんて許さない！　身を挺して守ってくれた恩だって返してないんだ！」

クリシュナは頭を下げ、医務室から出ていった。

リリスは今なお光り続けるネックレスを指先でいじり、悲しそうな顔をしていた。

「牢に入ってから何があったんだ！　大教主は牢に入れただけだと言っていたのに！」

クリシュナの法術により、真実しか述べる事が出来なくなったノーザンが何もしていないと言ったのだから、本当に何もしていないのだろう。

なのに、モニカは壊れてしまった。

【ヒール】で傷が消え、綺麗になった指先を握りしめる。

心臓は動いている、だが精神が死んでいる。

こんな結果、俺は認めない。

やり場のない怒りが膨れ上がり、涙に変わる。

そんな時、理の声が聞こえた。

――サーヴァントに重大な障害が発生しました。【パンドラズボックス】を開きますか？

一瞬なんの事だか分からなかったが、【パンドラズボックス】の説明を思い出した俺は即座にそれを発動した。

――【パンドラズボックス】を開き、サーヴァントの復元を行います。


【パンドラズボックス】。

盟約を交わし、サーヴァントとなった者の存在と魂を保存するスキル。

つまりは、モニカの存在と魂のコピーが保存されている。

スキルの発動と共に、俺の体から無数の青白い粒子が放たれ、モニカに吸収されていく。

「モニカ！」

粒子を全て吸いきったモニカは一度大きく体を反らせ――

「っっはぁっ！……はあっ！　はっはっ……」

「良かった……！　気が付いたか！」

モニカの目が大きく開き、ビクンビクンと跳ねながら肩で息をし始めた。

「ア、アダ、ム、さん……？」

瞳はまだ虚ろながら、俺の事をぼんやりと見つめている。

良かった、成功した。

「そうだよ！　俺だ！」

「あ、あぁ……アダムさんアダムさん！　助けに来てくれたのね！　私、私は！」

「大丈夫、もう大丈夫だから」

瞳は次第に輝きを取り戻し、モニカは俺に勢いよく抱きついてきた。

大粒の涙をボロボロと流して、子供みたいに泣きじゃくりながら。

その様子を見ていたリリスが、親指を立てて笑っている。瞳の端に小さな涙を溜めながら。

「良かった、本当に良かった……」

「……アダムさん……泣いているの……？」

「泣いてねぇよ！」

「ごめんなさい、私のせいで」

「本当だよ馬鹿！　どんだけ心配したと思ってるんだ！」

「かくあれかしと……」

「モニカ？」

モニカは何かを呟いた後すぐに笑う。

「アダムさん」

「なんだ？」

「アダムさんは私に生きて欲しいの？」

「何を……当たり前だろ！」

「うん、当たり前、か」

「当たり前だ！」

「分かった、ううん、分かりました。そうお望みであるなら、私は生きます。もういいって言われるまで、無様に滑稽に生にしがみつきます」

「……そうしてくれ」

「ふふ……ありがとう、アダムさん。生きろって言ってくれてありがとう」

モニカは涙を流しながら満面の笑みを浮かべ、俺の手を力強く握りしめた。

その時、ベッド脇に置いてあったユニコーンズホーンがキラリと光ったような気がした。


モニカがこちら側に帰ってきてから数日は、クリシュナの提案で教会本部にお世話になっていた。

大丈夫だと伝えたのだが、結局クリシュナのご厚意に甘える事にしたのだ。

そして、モニカはクリシュナの名のもとに、正式に聖女の称号を授与された。

「はい、アダム様、あーん」

「あ、あーん……」

「あらあら、リリスさんは本当にアダムさんが好きなのね」

クリシュナが手を口に当てて小さく笑った。

「好きとかじゃないわ！　愛しているのよ！」

とバハムートなお胸を張り、なぜか誇らしげな顔をするリリスを傍観《ぼうかん》しながら、俺は口に詰め込んだステーキを堪能。

聖職者の本部なのに肉が出てくるのか、と最初は思ったが、クレセント聖教会は食事に関しては特に禁止しているものはないらしい。

色恋も自由、酒も肉も自由。

ただ、誘惑《ゆうわく》が溢れる中、どう己を厳しく律するかが問われるのだそうだ。

ゆえにクレセント聖教会の門を叩く者は多いが、出ていく者も多いんだとか。

そんな教会の教義や内部事情を聞きながら数日過ごした事で、一般人よりも教会に詳しくなってしまった。

モニカはと言えば、憑物《つきもの》が落ちたかのように晴れ晴れとしていて、心なしか肌艶《はだつや》もよくなっている気がする。

あと高貴さというか聖なる感じがさらに増したような。漠然とだが、そう感じた。

「モニカは今後どうするんだ？」

「私は……どうしましょう」

「決まってないなら私達と行きません事？」

「え、いいの？」

「俺も来てくれた方が大いに助かる」

「二人がいいなら、行こうかな。大教主様も……あんなになっちゃったし」

例のノーザン大教主は、モニカへの行為だけでなく、過去様々な女性信徒に対して性的な嫌がらせや体の関係を強要するなど、犯罪行為を重ねていたらしい。

法国のトップである教皇クリシュナが大聖堂に来たのも、それの調査と確認という面が強かった。

法国はこの事実をしっかりと公開し、謝罪。また、ノーザン以外にも、国の幹部の座に居るような聖職者達が数十人その事実に加担しており、そいつらのあぶり出しにも成功したようだ。

その話を聞いて、聖職者っていうより生殖者じゃないか、と一人思ったのは内緒だ。

クリシュナは、この件で法国やクレセント聖教会の評価は落ち込むだろうが、しっかりと膿《うみ》を出し切って、再スタートを切りたいと考えているという。


「あれ？　待ってアダムさん！」

「な、なんだ!?」

一連の騒動も落ち着いたある日、食事をしていたモニカが俺を見つめて声を上げた。

目はくりくりと大きく開かれ、俺の胸元の虹色のプレートを見る。

「S級！　昇格したのね！　おめでとうー！」

「あ、あぁ。その事か。実はそうなんだよ」

「凄いなぁアダムさん。でもやっぱりな、って思う所もあるかなぁ」

「やっぱり？」

宙を見つめるモニカの視線の先には、一体何が映っているのか。

俺には分からないし、聞こうとも思わない。

モニカの視線の先はモニカだけのものなのだから。

なんて、ちょっとカッコつけてみたけどガラじゃないな。

「うん。だってアダムさんは凄い人だから」

答えになってなかった。

「ねぇアダムさん」

と、モニカ。

その目はどこか媚びたような、悪戯をした子猫のようなあざとさと計算高さが垣間見える。

「私を――許してくれる？」

「許すとか許さないとかあるのか？」

「い、色々、許してくれる？」

「色々ね」

「そう。許してくれるかな？」

「許すも何も、別に俺はモニカに対して、どうこう思っちゃいないぜ？」

「それでも……」

「分かったよ。何がなんだか分からないけど許すさ。それでモニカが救われるならいくらでも許してやるよ」

モニカは俺の答えに満足したらしく、笑いながら涙をこぼしていた。

「アダム様も罪な男ですわね……」

「聞こえてんぞ」

「あれぺろ」

「なんだそりゃ」

そう言いながらもリリスの表情は柔らかく、優しさに満ち溢れていた。

リリスは優しい子なんだろう。

今ならクリシュナが言っていた言葉の意味も、少しだけ理解出来るかもしれない。


数日間の滞在はあっという間に過ぎ、俺達三人は、乗合馬車でのんびりと王都へ向かっていた。

「ふふ」

「ん？」

ガタゴトと馬車に揺られる中、外をぼんやりと眺めていたモニカが静かに笑った。

太陽の光がモニカを照らし、美しい横顔がさらに美しく、爽やかに見える。

「楽しいなぁって」

「馬車が？　モニカ馬車好きだっけ」

「ちがーう！　こうやってまた、アダムさんとパーティを組めて楽しいなぁって、思ったの」

「それは俺もだぞ。きっとメルトも喜ぶさ」

「メルトちゃん、私の事覚えているかな」

「忘れるわけないだろ。あいつお気楽脳天気に見えて、結構しっかりしてるんだぞ？　……多分」

「多分て、メルトちゃんかわいそー」

「それにしても……何か変わったな」

「そう？」

「うん」

俺の感想に首を傾げるモニカ。

以前よりさらに高貴さを増したモニカなのだけれど、以前よりも女の子らしくなったというか。

こんな事言ったら、確実に顰蹙《ひんしゅく》を買うだろうから言わないけど。

「雰囲気が軽くなった」

「お食事食べすぎて太ったかもよ？」

「雰囲気の話だよ。それに、前はそんな事言うキャラじゃなかったような記憶が俺にはあります」

「確かにね」

と言ってはにかむモニカ。

「どうしてだろう。なんか生まれ変わったみたいっていうのかな。肩肘張らなくていいんだって思ったっていうか、私はわたしで、聖職者のワタシ、女のわたし、人間の私、全部が自分なんだなって思えたから、かな？」

ふんす、とモニカは首を逆に傾げる。

なんともチャーミングな仕草である。

現に乗合馬車に乗っている男性客が揃いも揃って鼻の下を伸ばしている。

「ふうん」

男性客の「席を替われ」という無言の圧力が感じられるが、そこは無視。

「ごめん、答えになってないね」

「いいんじゃねーの。モニカはモニカ、それでいいよ」

「あーひっどーい！」

俺の雑な返答に、モニカはぷくーっと頬を膨らませてむくれてしまった。

正直な話、俺には聖女というのはよく分からない。

むしろ、分かる人の方が少数なんじゃないかと思う。

聖女が何をして、何をやるべきで、どう生きて、どうあるべきなのか、なんて事は俺には分かるわけもない。

パーティに誘ったのに無責任な！　という声が聞こえてきそうだけど、しっかり責任を持ってこの先もずっと……

「せ、責任を持って……ずっとって……それってつまり」

気付けば顔を真っ赤にしたモニカが俺を見つめていた。

「え？」

「心の声が出てましたよ、アダム様」

「え？　え？」

「べっ別にわたっ私はその！　えっとまだ心の準備が！」

え？　何これ。俺何かやっちゃいました？

というのは冗談で、自分がやらかした事を認識し、俺まで顔が真っ赤になってしまっている。

「やはりアダム様は天性の女たらし……ですがライバルが増えたとしても正妻の座は渡しませんん……！　覚悟するのねモニカさん！」

「あわわわはわわわ……」

リリスに凄まれたモニカは目を白黒させ、錫杖を握りしめて俯いてしまった。

この一件で、乗り合わせた男客達からの殺気、もとい乗合馬車の中の熱気が膨れ上がったのは言うまでもない。

第七章　災厄

俺達の乗る馬車が、王都まであと二日ほどの地点に差し掛かった頃、〝それ〟は唐突に現れた。

「ギャオオォォォオオ！」

耳をつんざく咆哮は大気を揺らし、馬車すらも揺らしてくる。

馬車を引いてる馬達も危険を察知したらしく、大暴れしているのが御者の声で分かる。

馬車の窓から身を乗り出してみて、その声の主が分かった。

「ストーム……ドラゴン⁉」

天空を駆ける紫色の巨躯、背中から生える三対の翼、頭部から伸びる槍のような角。

推定討伐難度はSSS級、そんな災害のようなドラゴンが――

「王都に向かってる……」

なぜストームドラゴンが王都を目指しているのかは分からないが、あの咆哮の感じからすると、かなり興奮してるっぽい。

ここから見える限りでは、まだ王都まで距離はある。

だが、ドラゴンの飛行速度は相当なものだ。

あっという間に着いてしまうだろう。

「ドラゴン接近！　ご乗車の皆様！　当馬車は一度先ほどの村へ戻ります！」

御者の恐怖に染まった声が馬車内に響き、馬車は反転、来た道を爆走し始めた。

◇　◇　◇

「一般市民のみなさん！　落ち着いて避難してください！」

王都でもストームドラゴンの姿を捉えており、緊急避難が行われていた。

街には逃げ惑う市民の声と、指示を飛ばすギルド職員の声が響いている。

日々の喧騒は怒号と悲鳴に様変わりし、我先にと住民達が避難壕《ひなんごう》へ殺到していた。

戦時下さながらのその光景を見て、俺、バルザックは拳を強く握りしめた。

なぜストームドラゴンが王都を目指している。

なぜあんなにも怒っているのだ。

「ほら見ろバルザックさん、あれを撃退すりゃあ」

「どういう事だ！　説明しろダウンズ！」

「ちょっ、そんなカリカリすんなよバルザックさん。勇者と呼ばれるアンタらしくないぜ」

王都が誇る二重城壁の上には、俺達ラディウスの面々がそろい踏みしている。

「ねぇ、マズいよ」

「凄く、怒ってる。なにしたの、ダウンズ」

ストームドラゴンはまだ遠方にいるが、その咆哮は王都まで届いている。

巨躯の翼にかかれば王都まで到達するのはあっという間だ。

咆哮は濃い怒りに染められており、何かしらの原因が王都にあると、ジェニスやリンも感じたのだろう。

「俺らは悪くねぇ。不名誉な罪着せられて黙ってろってのか？　いいやダメだね。だからこの国には俺達が必要だってのを知らしめてやる」

俺は怒りに震え、鎧がカチャカチャと小刻みに揺れている。

これがダウンズが引き起こした事なら、いよいよこの男を切るしかない。

「お前が、仕組んだのか」

「ドラゴンの事は知らないぜ。ラディウスを憂えて闇ギルドに頼んだのは俺だがな」

「貴様ァ!!」

案の定ダウンズの口からは想像していた通りの言葉が出てきた。

俺は、ダウンズを睨み、腰に付けた長剣をスラリと引き抜いた。

「ちょっ！　待ちなよバルザック！　今はそんな事している場合じゃない！　他の冒険者達と、ギルドに行かなきゃ！」

「もう、遅い。見つかった」

「ギョオアアア！」

ストームドラゴンは既に山一つ向こうまで迫っており、その視線は城壁の上に立つ俺達ラディウスに向けられていた。

「くそ！　ダウンズ！」

「分かってるさ、バルザックさん！　今こそ俺達の強さを見せつける時だ！」

「ドラゴンと戦うなんて、当分先だと思っていたのに！」

「まぁいい、私の新作魔法を披露する時」

それぞれがそれぞれの武器を構え、迫るストームドラゴンを睨みつけたのだった。

◇　◇　◇

「グラーフさん！」

「どうした！」

ギルドの職員が報告のために俺を呼ぶ。

ストームドラゴン出現の報せを受けた冒険者ギルドは、蜂の巣をつついたような騒ぎになっていた。

王都にいる冒険者達を緊急招集したはいいが、数が揃うにはまだ時間がかかる。

所在が分かっている冒険者達を優先的に声をかけており、ラディウスにもまた招集をかけていた。

だが。

「いません！」

「くそ！　探せ！　今は雑魚でも数が必要だ！　見つけ次第他の冒険者パーティとレイドを組ませる！」

「はいっ！」

正直、予想はしていた。

この騒ぎに乗じて逃走するか、もしくは手柄を立てようと無謀に挑むか。

どちらにしても思慮《しりょ》に欠ける。もう少しまともな奴らだと思っていた。

あいつらは確かに個々の能力は、一人を除けばA級の実力があるだろう。

しかし、過剰な自信を持つゆえに、身勝手な行動が多すぎる。

それをうまく纏めていたのがアダム君だと言うのに……よりにもよって、ダンジョンのボスフロアに置き去りにするとは。

俺がラディウスをS級パーティに認めた理由として、アダム君の存在が大きい。

だが当のアダム君はここ数日ギルドに顔を出していない。

恐らく、なんらかの用事で王都を出ているのだろう。

そしてスウィフトも今王都にいない。

今、王都にいるS級冒険者は、僅か五人。体長百五十メートルのストームドラゴンは最低でもA級冒険者四十人以上のレイドが必要になってくる。

衛兵達が参戦するとは言っても、やはり心もとない。

「何人が生き残れるか……不安でしかねぇ」

少なくとも数千人の死傷者が出ると予想した俺は、乱暴に頭を掻《か》き毟《むし》り、久しく使っていなかった装備品に手を伸ばした。

自ら陣頭指揮《じんとうしき》を執り、戦闘に参加するために。

◇◇◇

「ゴアアァアァァアァ！」

怒り狂うストームドラゴンは、その巨大な爪を城壁の上にいる俺達目がけて振り抜いた。

「ぎっ！」

ストームドラゴンの爪とダウンズの盾が激突して盛大な音が鳴り、ダウンズがあっさりと、木の葉のように吹き飛ばされる。

俺、バルザックも恐怖を振り払うように大声を上げながら突っ込むが、それも一本の爪に弾かれた。

リンが連続で特大の魔法を放ち、ストームドラゴンの体表に着弾する。

「グルルル……」

「ダメ、やっぱ無理」

しかしながらストームドラゴンは無傷であり、何か当たった、程度の反応しか示さない。

ジェニスが放つ矢は頑強な鱗《うろこ》に弾かれてしまう。

リンとジェニスの切り替えは早かった。

こちらの攻撃が通じないと理解した瞬間、踵を返してその場から逃走を始めた。

「リン！　ジェニス！」

「ごめん！　バルザック！」

「無理だよ！」

「逃げていい！　ただ……」

逃げ出す二人に声を飛ばした俺は、再びストームドラゴンに斬りかかりながら言った。

「強く、生きろよ」

「バルザックも逃げて！」

「死んじゃうよ！」

「俺はこいつを出来るだけ足止めする！　早く逃げろ！」

駆け出すリンとジェニスの後ろ姿を横目に見ながら、俺は決意を新たにする。

不退転《ふたいてん》の決意を。

自分の剣はストームドラゴンには全く届かず、爪の先で遊ばれている。

すぐに殺さないのは戯れるというドラゴンの気まぐれ。

吹き飛ばされたダウンズが横目に見えるが、鎧はズタズタになり片腕はどこかに飛んでいった。

首も変な方向に曲がってしまっており、もはや息はないだろう。

悲しみなどは一切浮かんでこない。

奴は、ダウンズは、アダムへの扱いが知られた時に、罪を被せるためだけに、入れたのだ。

だがそれが原因で今こうなっている。

もっと早く切っておけば良かった。そう、アダムが死地より生還したその時に。

そうすれば俺とリン、ジェニスは謹慎だけで済んだかもしれないのだ。

そもそもダウンズを入れなければ良かったのかもしれない。

そういえば。俺はアダムと再会してから、あいつに敵対心と劣等感を持つようになった事を思い出す。

王都で再会した時、アダムは俺の事を覚えていなかった。俺は覚えていたのに。

テイマーとして優れた人物がいると聞いて会う事にしたが、まさか、それがアダムだとは思わなかった。

戦士長の座を退き、ラディウスを立ち上げた時、一番最初に声をかけたのはアダムだった。

「偉大な戦士長さんが声をかけてくれるなんて光栄だ。雑務は俺が引き受けるから、バルザックさんはメンバー集めに集中して欲しい」

最初は確か、そんな感じでアダムに雑務を担当してもらうようになったはずだ。

そしてメンバーが集まり、本格的に活動し始めた時に聞いたのだ。

「俺を、覚えていないか？」

と。しかし返ってきた答えは……

「どこかでお会いした事ありましたか？」

アダムへの扱いが変化したのはその時からだ。だがアダムは文句一つ言わなかった。

その態度にさらにイラつき、幼き日に抱いた尊敬は闇に飲まれていった。

なんで……今更こんな事、を……

まるで走馬灯のように、過去が浮かんでは消えていく。

そして気付いた。

自分が城壁の上ではなく、市街地の瓦礫の上に突っ伏している事に。

あぁ、そうだ。確か——

自分がどのようにして吹き飛ばされ、瓦礫に埋もれたのか、思い出そうとして。

「バルザック！　生きているか！」

誰だよ……うるさい……な、俺は……眠い……

「ヒーラーを呼べ！　急げ！　他の冒険者はストームドラゴンの注意を引きつけろ！　攻撃はしないでいい！　王都から注意を逸らすんだ！」

「グ……ラーフ……？」

「バルザック！　貴様！　無茶しやがって！」

「はは……め、ずらしい、服着て、どうし……た」

グラーフは見事な装備に身を包み、まるで現役の冒険者のようだ。

俺が知るグラーフはラフな服装しかしない。彼がなぜここにいるのか。

「軽口を叩いている暇があるなら生きろ！　意識を保て！」

随分と体が軽い。

まるで半身がなくなったかのようだ。それに寒い、吹雪の中にいるように寒い。

「ね……ちゃあ、ダメ……か」

「寝るな！　起きろ！　貴様は生きなければならん！　アダム君にしてきた事を放り投げて死ぬのは許さん！」

「あ、あぁ。そうだ……な。あ、あやま……謝ら……ない、と」

「バルザックさん！」

少女の声が聞こえる。暖かい、春の日差しのように、暖かい——

「そのまま【ヒール】を続けろ！　欠損した部分は見つからない、塞ぐだけ塞げ！　気付け薬も飲ませろ！」

口に何かが突っ込まれて、喉に焼けるような痛みが走る。そして次第に意識と、視界がはっきりとしてくる。

「う……ぐ……」

「バルザックさん！」

「こ、こは……」

「緊急医療テントです！　喋らないでください！」

「そ、うか」

遠くでストームドラゴンの咆哮が聞こえる。

鼻には煙と血の匂い。そして聞こえる悲鳴と怒号。

リンとジェニスは無事に逃げられただろうか。

この事態を引き起こしたダウンズは死に、責任の所在はもはやどこにもない。いや、責任があるとすれば自分だ。

「ど、らごんは？」

「今はまだ城壁の外です！　バルザックさんが食い止めてくれたおかげです！」

「俺……が？」

「はい！　そのおかげで迎撃もうまくいっています！　さすが勇者バルザックですね！」

「ちが……俺、は」

俺をそんな目で見ないでくれ。キラキラとした目で、見ないでくれ。

この子は俺がしでかした事を知らないのだろうか。

外見は幼い、十四、五歳くらいの少女だ。しかし回復術の腕は確かなようだ。さすがにモニカには劣るが……期待株だな。

懸命に回復術をかけてくれた少女のおかげで随分と体が楽になった。

十分か二十分か、僅かばかり寝ていたようだ。離れてもいいと判断したのか、少女の姿は既にない。

おそらく他の負傷者の救護に回っているのだろう。周りを見渡せば負傷した兵士や冒険者で溢れている。

「な、に……？　そうか」

体を起こそうとして、違和感に気付く。違和感の正体を探すと、あるはずの左腕と右足がない。

ストームドラゴンに吹き飛ばされた際に失ったのだろう。

傍《かたわ》らには自分の剣がある。

あれほどの猛攻を受けてなお、剣は曲がる事も折れる事もなく、獲物を欲するかのようにギラリと輝いている。

鬼岩窟で手に入れたアイテムで、一番レアリティが高いアイテムだった。

ランクは神器級、だったか。

だが……もうこの体で剣を振る事は叶わないだろう。右手はあるが、右足がないのだ。

「クク……」

英雄、勇者。S級パーティに昇格した際、周りからそう煽《おだ》てられた事をふと思い出す。

煽てられて舞い上がっていたのは事実だ。

兵士達や冒険者達からの羨望《せんぼう》や憧憬《しょうけい》を受けていい気になっていたと今では思う。

「その結果がこれか」

簡易ベッドから起き上がり、剣を杖代わりにして歩く。鎧はあちこちへこみ、傷だらけだった。

これも名品のはずだったが、ドラゴンの猛威には勝てなかったのだろう。

「だが、のうのうと寝ているわけにはいかん」

他の冒険者や衛兵達が戦っている。原因を作ったのは俺だ。ならば――

「最後くらい華々しく散ってやる」

拾った命は限界すれすれだ。燃えカスだ。敵わないのは知っている。

だが、俺が死なずに他の誰かが死ぬのは道理が違う。アダムには一言謝らなければいけないがな。

そう考えられるくらいには、頭と心の中がすっきりとしており、闘志のようなものが燃えている。

ドラゴンと相対した時より、力が漲っている気がする。死にかけた事でハイになっているのかもしれない。

「行くか」

胸に闘志を燃やし、ドラゴンの咆哮が聞こえる方へ歩き出した。

◇　◇　◇

「無理をするな！　低級冒険者は遠距離攻撃に集中、Ａ級、Ｓ級は分担して攻撃を続けろ！」

「「はい！　グラーフさん」」

俺の指示に、冒険者達が従う。

ストームドラゴンの攻撃は苛烈極まりない。

ブレスは城壁を破壊し、余波で城壁近くの家屋までもが吹っ飛んでいる。

ストームドラゴンの魔法は雨のように降り注ぎ、負傷者、犠牲者の数は数えきれないほどだ。

城壁内に侵入されなかった事が幸いだが、その貢献者は再起不能の傷を負った。

正直バルザックがあそこまでやるとは思っていなかった。

ラディウスのメンバーであるジェニスとリンが俺を見つけ、バルザックが一人で戦っている事を伝えてきた時は、何を考えているのかと思ったが――

「いい仕事するじゃねぇかよ」

全長百五十メートルはあるストームドラゴンの爪を、昔からの相棒である大剣で受けながら俺は呟く。ジェニスもリンも、今は他の奴らと合同で迎撃にあたっている。

バルザックは、この馬鹿みたいな力を一人で受け、僅かではあるがストームドラゴンを城壁で食い止めたのだ。

十分評価に値する功績だ。

なぜストームドラゴンが王都に飛んできたかは知らないが、ごく稀に、こういった事態は他国でも報告されている。

要はドラゴンの気まぐれというやつだろう。誰が悪いわけでもない。ただの自然災害だ。

強者の頂点、世界の頂点にいるドラゴン種は気まぐれだ。

気まぐれに壊し、暴れる。超大型サイクロンのような天災的な暴力の権化《ごんげ》。

その権化の爪が、目の前を暴風を伴って通り過ぎ、何人かのA級冒険者が吹き飛ばされる。僅かな隙を縫い、剣を浴びせるも、硬い。

度重なる攻撃の甲斐もあり、ドラゴンの表皮には多数の裂傷《れっしょう》が入っているが、それがダメージとなっているかは疑問だ。

何しろ、攻撃の速度も重さも何一つ変わっていないのだから。

「ぐうおっ！」

ストームドラゴンの爪が俺に直撃する。

剣の腹で受けて踏ん張るが、意識を持っていかれそうになる。

打撃は免《まぬが》れても爪の圧で全身に衝撃が走り、しかし後ろから飛んできた【ヒール】で相殺される。

何度繰り返しても慣れるものではない。この場にいるS級はみな、揃ってストームドラゴンの攻撃を体を張って受け止めている。

冒険者達が入れ替わり立ち替わり魔法や斬撃、遠距離攻撃を仕掛けているが、倒すにはまだまだ時間がかかりそうだ。

「んなろうが！　【三速連斬《さんそくれんざん》】！」

スキルを発動させ、大上段中段下段からの同時斬撃を放ち、やっと爪の一本を吹っ飛ばす。

俺が吹っ飛ばした爪はここまで三本、残りは一本、だがその一本も人間より遥かに大きい。

「くそ……」

一度後退して体力回復薬を一気に飲み干し、再度斬りかかる。

だが——

「ギョオアアアアア！」

怒号にも似た咆哮を上げたストームドラゴンは大地を踏みしめ、一気に体を捻った。

そして、極太の凶悪な尻尾が円を描くように払われる。それだけで強烈な圧が周囲を襲った。

「グルルルル……」

「かは……く、そ……」

一瞬の出来事。その一瞬でやや優勢と思えた布陣が崩壊した。

周囲を見れば犠牲者が多く、ドラゴンの付近で立っている者は、俺を含めたS級冒険者のみだった。

あちこちで呻き声や悲痛な声が聞こえ、体の一部が散乱している。

尻尾の範囲外にいた魔法職や遠距離職が、回復に駆け回っているのがせめてもの救いだろう。

「まだ、だぁ！」

ストームドラゴンが辛うじて立つ俺達を睥睨《へいげい》し、城壁の中へ向かおうとした時、城壁の上から咆哮にも似た叫びと共に一筋の光が伸び、ドラゴンの額に激突した。

◇◇◇

俺は覚悟を決めた。

いや元から覚悟はあったが、城壁に上って見えた惨状に、この事態を引き起こしてしまったラディウスのリーダーのバルザックとして、再び覚悟を決めた。

眼下ではドラゴンの薙ぎ払いによって、奮戦していた冒険者達のほとんどが吹き飛ばされた。

立っているのはグラーフと数人のS級冒険者だけ。

ドラゴンはグラーフ達の相手に飽きたのか、相手取る事はせず城壁の中へと進路を変えた。

「まだ、だぁ！」

俺は道端に転がっていた木片を簡易的な義足とし、剣をドラゴンへ突きつけるように構え、スキルを発動する。

先ほど、意識を取り戻した際に気付いた新たなスキル。

「これが俺の全力！　全身全霊の！　【ホーリーランス】！」

全身が発光し、剣先から自分の体の足先までが一本の槍になったような一体感を覚えながら。

ストームドラゴンの額目掛けて突撃した。

「おおおおお！」

【ホーリーランス】の直撃を受け、ドラゴンは僅かにたじろいだ。

俺はそのまま、力の全てを絞り出す。

あと僅かであろう命を燃やし尽くすように、全ての力と魔力を注ぎ込む。

「入れさせん、入れさせんぞおおお！」

城壁の向こうには、逃げ遅れた住民がいる。負傷者がいる、救護に駆け回るあの少女がいる。

せめて、最初にドラゴンと相対した時のように、少しでも足止めを。

『バルザックさんが食い止めてくれたおかげです！』

少女のキラキラした、勇者を見るあの瞳の輝きに応えるように。

あの少女は、本当は俺が、ラディウスがアダムにしでかした事を知りながらも、そう言ったのかもしれない。本当の所は分からない。

だがしかし、それでも、だとしても、少女のあの瞳の輝きは本物だった。純粋に、俺を勇者と、そう褒め称えてくれた。ならば最後くらい、華々しく、散らせてくれ。

「おおおお！」

「ギョアアアア！」

ドラゴンの体がじりじりと、僅かだが後退していく。ドラゴンの周囲の冒険者達は回復が済んだのか、隊列を組み直し、再び戦闘態勢をとり始める。

そして俺は――

振り上げられたドラゴンの拳により城壁に叩きつけられた。そして目の前で大口を開け、ブレスを放とうとするドラゴン。

「か……は……」

これでいい。

これで、これ――

「あよいしょおおお！」

場違いな掛け声にハッと顔を起こし、霞む視界の中で見たのは、ストームドラゴンの鼻面を両足で踏み、そのまま地面に叩きつけている――

少女の姿だった。

◇　◇　◇

少女が降ってきた。

俺、グラーフにはそう見えた。

バルザックの突貫は功を奏し、ストームドラゴンを僅かだが後退させ、俺達が態勢を立て直す時間を稼いだ。

さぁこれから反撃開始だと思った矢先。

ストームドラゴンはバルザックを消滅させんとブレスを放とうとし、誰もがバルザックの死を感じた瞬間。

少女が降ってきて、ストームドラゴンの鼻面を踏みつけて、地面に叩きつけたのだ。

「……は？」

地面にめり込むストームドラゴンの鼻面を見るに、相当な勢いで踏みつけられたと想像出来る。

しかしそこらのモンスターではないのだ。あんな簡単に、赤子の手を捻るように出来る芸当ではない。

風に揺られてふわりとなびく髪、悪戯っ子のような横顔は美しく、価値ある彫刻のように整っている。

「リ、リリス……君？」

そうだ。あの少女はアダム君が連れてきた少女だ。だが、なぜ彼女がここにいる？　まさか、ひょっとして。

「グラーフさん！」

ストームドラゴンの鼻面から飛び降りた少女が俺を見つけ、駆け寄ってくる。

しかしストームドラゴンはまだ死んでいない。

地面から鼻面を引き抜き、ぷるぷると顔を振り、こちらを睨みつけ――その鼻面が今度は上に跳ねた。

「オオオオオ！」

突然現れた三面六腕の化物が野太い咆哮を上げ、腕をアッパーの形で振り抜いている。

大きな体から伸びる大木のような腕で、ストームドラゴンの顎をかち上げたのだ。

なんだあいつは。ワンパンでストームドラゴンをかち上げるような化物がどこから湧いた。

「ガルルル！」

「アオーン！」

「オンオン！」

化物の傍らでは、三つ首の大型獣がブレスを吐いて牽制《けんせい》している。

あれは……！

「グラーフさん！　もう大丈夫です！」

「あ、あぁ。ありがとうリリス君。アダム君もここに？」

「はい。あちらに！」

リリスが指差した先、そこには横たわるバルザックに寄り添うアダム君の姿があった。

◇　◇　◇

「リリス！」

「はい！」

「俺はバルザックを見る、お前はストームドラゴンの相手をしてくれ！」

「お任せください！」

「モニカは負傷者の救護を最優先しながら、被害が広がらないように結界を張るんだ！」

「うん！　分かった！」

俺、リリス、モニカは現在、王都城壁の外で暴れ回るストームドラゴンの上空を落下している。

乗合馬車から降りた俺達は、法国に向かった時と同じ方法で、テロメアに射出してもらった。

そして今、眼下ではバルザックが決死の突撃を行い、力及ばず城壁に叩きつけられた所だ。

落下しながらテロメアを呼び出し、再度リリスを射出、リリスは高速でストームドラゴンに突撃していった。

そして激突。

轟音《ごうおん》が鳴り、土煙が立ち込める中、俺は地面に呼び出したテロメアにキャッチしてもらい、バルザックの元へ急いだ。

リリスがグラーフを見つけ、駆け寄っていくのが見え、テロメアがストームドラゴンの顎をかち上げている。

「大丈夫か、バルザック」

「ア、アダム……か」

「お前、腕と足が……」

「あぁ……ちょっと、忘れて……きちまった」

「忘れてって……」

「ア……ダ、ムよぉ」

「なんだ？　あまり喋らない方がいい」

「い、い、んだ。お、俺はもう、死ぬ。だか、ら」

バルザックは、下半身が潰れ、顔も半分えぐれてしまっていて、息も絶え絶えな状態だった。

むしろこれで生きているのが不思議なくらいだ。これではもう……助からない。

「わ、るかった……い、色々、と」

「もういい。気にしてない」

「は、はは……あい、かわらず強、いな」

「もういい、もう喋るな」

「お、おれ、はまも、れまもれ、たか……？」

「守れたよ。お前は立派な勇者だ。かっこいいよ」

「は、はは……お、まえに、そう、そう言われるとうれ、嬉し、しいな……」

「……」

とさり、と震えていた手が地面に落ち、握っていた剣が音を立てて転がった。

バルザックが逝った。色々やってくれた男だが、嫌いにはなれなかった。

同じ村のよしみだろうか。

幼い頃、友達もおらずモンスターとばかり遊んでいた俺には、村の期待を背負って旅に出るバルザックがとても眩しく、かっこよく見えた。

時が経ち、バルザックが王国軍戦士長の座に就いた事を知った俺は、一人王都を訪れた。

そして再会。

バルザックは俺を覚えていたようだが、なぜ覚えられていたのかが分からず困惑した事を覚えている。

のちに冒険者パーティの一員として誘われた時、バルザックから覚えているかと聞かれたが、俺は知らないふりをした。してしまった。

なんだか恥ずかしかったんだ。ただ、その時のバルザックの悲しそうな顔は今でも脳裏に焼き付いている。

「あんたは勇者だよ。俺にとっても、国にとってもな」

穏やかに笑いながら逝ったバルザックを救護班に渡し、俺はストームドラゴンの方へと向かう。

モニカは損傷が激しい負傷者を優先的に再生させ、手を握り励ましている。

リリスはテロメアと共にストームドラゴンを相手取り、完全に押している。

『邪魔をするな！』

怒りに満ちたストームドラゴンの咆哮が響き、爪が振るわれる。

なぜあんなに怒っているのだ。

「ストームドラゴン！　何があったんだ」

『我が子を殺し！　その首を持ち帰った不届き者に天誅《てんちゅう》を下してやる！』

「なん、だと……」

思わず城壁の中、王都へ目を向ける。誰かが故意にストームドラゴンを呼び寄せた？　しかしいくら幼生体といえども、あっさり狩れるものなのか？　近くにパパドラゴンやママドラゴンはいなかったのか？

不可能とも思える所業を聞き、一瞬で様々な憶測が脳内に流れていく。

「ドラゴン！　怒るのも無理はない！　でも落ち着いて話を聞いてくれ！」

『ならぬ！　なら……ん？　貴様、我の声が、言葉が分かるのか？』

「分かる！　だからちょっと待ってくれ！　話を聞いてくれ！」

『……よかろう』

「ありがとう！」

『だが内容によっては……』

「分かってる！」

リリスとテロメアは攻撃の手を止め、ストームドラゴンの様子を窺っている。

グラーフ達は何が起きているのか分からずにいるため、臨戦態勢を保ったままだ。

「グラーフさん！　一旦攻撃をやめてください！　今話を聞いています！」

「どういう事だ！」

「どうやら誰かがストームドラゴンの子供を殺して首を持ち帰ったようです！」

「なんだと!?」

少し冷静になったストームドラゴンを見ながら、俺は頭をフル回転させる。

何かいい解決法はないか、これ以上被害を出さずに済む方法はないのか。

「テイミング……」

ふとその考えが頭を過ぎる。だが怒り狂っているこのストームドラゴンを従える事が出来るのだろうか。

そもそも子供を殺された親を力ずくで従えて、それで解決になるのだろうか。

じりじりとした時間が流れる。その時。

「ドラゴン。ここは私の顔に免じて引いてはくれぬか」

ストームドラゴンの鼻先に立ち、腕組みをしたリリスが毅然とした態度でそう言った。

『お前は……？　確かに同じ龍族の匂いがするが……何者だ』

「私は幻獣王バハムートエデンの娘にして森羅万象の王アダム様の正妻候補、リリス」

『……幻獣王様の……そうか。眠りについているとされる其方がここにいる、という事は森羅万象の王がお目覚めになったという事か。森羅万象の王はどこぞ』

「目の前にいらっしゃるわ」

『何……まさか、この人間が……？』

ストームドラゴンの瞳が俺を捉え、訝しげな視線が向けられる。

そりゃそうだよな。俺だって信じられなかったんだ。

「そう、らしい。俺がその王だ」

『なるほど……にわかには信じられんが……原初の王とされる森羅万象の王は、最も弱き種族から選ばれると聞く。なるほど、矮小な人間が王か……気に喰わん』

「ですよね」

ほら、俺とおんなじ事言ってる。でも、最も弱い種族が森羅万象の王になる、か。

確かに人間は最も弱き種族だが、なんで俺なんだろうか。

『ならば……其方の実力を解放し、見せてみよ。それで納得出来れば、この件は其方に預ける』

「解放って言ったって……どうすりゃいいんだ」

『森羅万象の王にしか成しえぬ事。それで真偽を確かめよう』

「成しえぬ事……」

頭の中のスキルを思い浮かべるが、これこそ王だ！　というものは……あれ、待てよ。

「【冥府逆転】……」

死亡したモニカに使用した、理への介入が可能なスキルだが……

「ストームドラゴン、子供の体はどこにある」

『巣に』

「巣か……もし、もしもだ。もしも俺が子供を蘇らせる事が出来たらどうする」

『どうする……どうもこうもない。子供が生き返れば我がここを襲う理由がなくなる。腹立たしいのは変わらないがな』

「なら、俺を巣に連れていってくれ。そこで俺が王だと証明する」

『出来なければ？』

「その時は……王の力でねじ伏せるしかない」

『かかっ！　強気な事だ。よかろう。試してみるがいい。もし我が子を生き返らせる事が出来たのなら……貴殿に従おう』

「ありがとう。恩に着る」

『ではここにいる理由もなくなった。乗るがいい、王かもしれぬ人間よ』

「ほ、本当にいいのか？」

『我の気が変わらぬうちにな』

「わ、分かった。でも俺の仲間も連れていくぞ？」

『構わん』

ストームドラゴンはその巨体を震わせ、二度、三度と翼を羽ばたかせた。

「グラーフさん！　ちょっと龍の巣まで行ってきます！」

「あ、あぁ……はぁ？」

事態を飲み込めていないグラーフに手を振り、いそいそとストームドラゴンの背に乗り込む。

リリスとモニカが乗った事を確認し、テロメアとメルトを厩舎にしまった俺は、ストームドラゴンにゴーサインを出した。


そしてストームドラゴンの背に揺られる事しばらく。

「アダム様アダム様」

「なんだ？」

「新婚旅行みたいでいいですわね」

ずっこけた。

比喩とかじゃなく本当に背中から転がり落ちるかと思うくらいずっこけた。人間、ほんとにカクンってなる事あるんだなぁ。

「お前少しは緊張感持てよ」

「持っていますよ？　ちゃんと理性と緊張感を持ってアダム様にしがみついておりますわ。緊張感がなければきっと本能のままに襲いかかってしまうかと」

「その緊張感はずっと持っててくれ！」

リリスは俺の腰に手を回し、ガッチリとホールドしている。背中にご立派なお胸が密着している分、俺もある意味緊張マックス、マックスバハムート。

そもそもリリスは俺にしがみつく必要があるのだろうか。

いやない。絶対にない。あるはずもない。

リリスほどのステータスなら、飛行するストームドラゴンの上で三点倒立余裕です、ブイッ、て感じだろう。

「神よ神よ神よ……」

と思っていたら横からモニカの呪詛《じゅそ》のような神コール。

テロメアにぶん投げられた時もそうだったが、どうやらモニカは高い所がすこぶる苦手らしい。

ユニコーンズホーンを握りしめ、顔面蒼白。

目はしっかりと、これでもかというくらい硬く閉じられていて、見ているこっちが不安になりそうなくらいだ。

「モニカー」

「私は生きている私は生きるべき生きるから生きざるを得ず」

「ダメだ、聞こえてない」

どんな三段活用だよ。

ちなみに飛行を始めてすぐ、モニカに厩舎に入るかと聞いたら、断固拒否された。

『着くぞ、人間よ』

「あ、はい。お騒がせしてすみません」

『構わん』

ストームドラゴンは旋回しながら徐々に下降していき、地面に着地した。

「とう！」

リリスが勢いよくジャンプし、三回転半を決めながら着地。

「モニカ、着いたぞモニカ」

「なんまんだぶなんまんだぶなんまんだぶ」

「いやそれなんの詠唱だよ」

「あいたぁ！」

謎の詠唱を呟き、俺の言葉が全く耳に入っていかないモニカの頭にチョップを入れると、ようやっとこっちに帰ってきた。

頭をさすり、あばあば言いながらストームドラゴンの背中から降りるモニカの足は、完全にガクブルと震えていた。

『お前達を乗せていたからな。少しかかってしまった』

「お気遣いありがとうございます」

「うむ。客人の身を気遣う、同じ龍族として私は鼻が高いぞよ！」

『ふは。小娘が言いよるわ』

「一応、私王女ね⁉」

『そうかもしれんが、そうでないやもしれぬ。証拠は見せられまい？』

「見せるわよ！　見せればいいんでしょう⁉　見てなさい！　そして恭《うやうや》しく頭を下げて平伏しなさい！」

「うるさい、今は張り合ってる場合か」

「きゃいんっ⁉」

ストームドラゴンに喚き立てるリリスの後頭部にチョップを入れる。

今日はなんだかチョップの回数が多い気がするよ。

さんざチョップしてきたせいで新しいスキル、三連チョップとか習得しそうな感じするよ。

――スキル：【さんれ

おい待てやめろ。

――……


なんだなんだ、理の声がボケるようになってきたのか？

理ちゃんて呼ぶよ？

理ちゃんなんて実態ないんだからどう突っ込めばいいのか分かんないよ。

『これだ』

「これがお子さん……」

ストームドラゴンに案内された所には、大きさ三メートルほどの幼い龍の亡骸が安置されていた。

こんな小さいんだな、と言うのが正直な感想だった。

目の前にいるストームドラゴンの大きさが大きさだけに、もっとデカくて強そうなのを想像していたけど、この大きさなら人間でも勝てそうだ。

「蘇らせると俺のサーヴァントになるんだが、すぐに解放するから気にしないでくれ」

そっと亡骸に手を触れると、まだ硬くなりきっていない鱗が掌にしっとりと吸い付く。

「【冥府逆転】」

モニカの時はリリスに手伝ってもらったが、今は一人でいけそうだ。

スキルを発動すると視界が変な色に――緑色と紫色を混ぜて白で薄めたような、そんな視界に切り替わる。モニカの時は、視界に変化はなかったが、リリスの力添えが関係しているのだろうか。

見つけた。

幼龍の魂はストームドラゴンの体の周りをくるくると回っていた。

まるでパパと戯れるかのように、楽しそうにくるくるしていた。

くるくるしてる所悪いけど、こっちにおいで。そうそう、そのまま器に入りなさい。

よし、魂は入った。後は首の再生だ。

幼龍の魂は不安なのか、器である自分の体から出たり入ったりしている。

いや、これは多分遊んでるな……

こらこら坊や、大人しくしてなさい。え？　坊やじゃない？

魂はスライムのようにびよびよ伸びて俺の言葉に抗議している、ごめんて。

どうやら女の子だったらしい。こいつあ失敬。

しかし問題は首だよな。理ちゃんは理に介入できるって言ってたし、言うだけ言ってみるか。

首よ、再生しろ
ダメ元で言ってみたが、幼龍の体がびくりと跳ね、首の断面がもりもりと盛り上がっていって数秒で首が再生した。

出来ちゃったよ。いいのかこんなんで。

「ふぅ……」

『なんてこった』

『パパ！　パパ！』

ストームドラゴンがその大きな大きな口をかぱりと開けて驚いており、復活した幼龍はその口で戯れていた。

なんてこったはこっちのセリフだよ。

はい立って、みたいな感じで首が再生したんだから、なんてこっただよ。

『にわかには信じられんが、娘が蘇ったのは事実。お前を、いや、貴殿を王と認めよう』

「そりゃどうも」

『約束通り、我は貴殿に従う』

「いいよそんなん」

『は？』

戯れる幼龍をあやしながら言うストームドラゴンを手で制す。

だってそうだろ。

「せっかくお子さんが蘇ったのに、パパがいなくなってどうするよ」

『それは……』

『パパ？　どおか行くぅの？』

「ほれみろ。寂しそうだろ」

パパの爪にしがみついてウルウルしてるじゃんよ。

これで俺がパパ連れてったら、今度は幼龍ちゃんが怒りそうだわ。

ドラゴンから狙われるのは、リリスだけで十分なので、丁重にお断り致したい所存。

『むう……しかし……約束は約束だ』

「アダム様。ドラゴンは揃いも揃ってプライドの高い生き物ですわ。自分が一度認めた相手との約束を果たさないのは、その高いプライドが許しませんの」

同じ龍族のよしみか、なぜかリリスがパパのフォローに入る。

「えぇ……めんどくせぇなぁ！」

「はい。ドラゴンは気まぐれでプライド高くてめんどくさいんです。で・す・が」

「ですが？」

あぁ、なんか何を言うか分かる気がする。指先もじもじさせて上目遣い、これはあれですわ。

「認めた相手には一途なんですよ……？　えへへ……」

はいきたー！　照れながらデレ！　照れデレ！

パパも困惑してんじゃん。

『ま、まぁ一途なのは認めよう……我も妻にはぞっこんでな……気の強い雌なのだが……それがまたよくてだな、デレた時は……』

なんか便乗《びんじょう》して惚気《のろけ》てきたよ！

さっきまで激怒して暴れ回ってた威厳とかどこ行った！

「その、奥さんの話は置いといてだな。何か妥協案を探そう」

『王よ、我の力では不服か』

「不服とかじゃなくて、子供を悲しませるような事はするなって言ってんの」

『むう……では……そうさな……我が娘を』

「いりません！」

『ぐぬ……即答で断られるとは……』

「あいにく、ドラゴンはリリスで間に合ってますので」

「おほぉ！　なんか今凄い嬉しい事言われたような気がしますよアダム様ぁああ！」

「うるさいリリス、ステイ」

「わんっ!?」

抱きついてこようとするリリスを強制ステイさせ、頭を抱える巨大なパパを見る。

確かにSSS級モンスターであるストームドラゴン、グラーフさん達をあそこまで苦しめた傑物《けつぶつ》を使役出来るというのは魅力的だ。

だけど俺がテイムしているサーヴァントにパパが入るとなると……正直過剰戦力も甚だしいのだ。

それに……ぶっちゃけデカすぎるんだよな。

テロメアでさえ使いどころが難しいのに、こんなデカイパパ、どこで使えというのか。

全長百五十メートルの天災ドラゴンをダンジョンで使えるわけもなかろうて。

「じゃあさ、なんかお宝とかない？　世界で一つしかない！　みたいな」

『あるにはあるが……』

「あ、じゃあそれでいいよ」

『ふむ……』

俺の提案を受けて思案するパパだが、その目はチラチラと幼龍に注がれている。

まぁ言わんとする事は分かるけども。

世界で一つしかない大事なお宝って言われたら、そりゃそうなるだろうけども。

「お子さん以外で」

『ぐぬっ！　我の考えを読むか……さすがは森羅万象の王よ……』

「いや、誰でも分かるから……」

『娘以外となると……ふむ、我のう○こはどうだ？』

「お前さすがにぶっとばすぞ？」

龍のう○こは、錬金術の触媒や魔道具の材料、モンスター除けに畑の肥料まで様々な用途で使える高級素材ではあるが、個人的にはバッチイのでお礼としていただくつもりはない。話し合った結果、ドラゴンの血から生成される龍血結晶《りゅうけつけっしょう》と、パパドラゴンの鱗を数枚いただく事になった。

その後、母龍が帰ってきて、さらに一悶着あったのだが——ここでは省略しておこう。

『いやはや……見苦しい所を見せてすまなかった』

「いいですよ。子供に甘いのは、ドラゴンも人間も変わりないんだなって思えましたし」

「いい親子愛を見させてもらいましたわ」

来た時とは違い、空の快適な旅をゆっくりと堪能する。

パパの背中に乗るのは俺とリリスだけ。モニカはやはり、空の旅が怖いようで、来た時とは違い自分から厩舎に入ると言い出したので、今は厩舎の中でメルトに寄り添われながら眠っている。

元々肉体派ではないモニカにとって、今回の一連の騒動はかなりこたえたようだ。

こうして俺はパパやママといい関係を築き、ストームドラゴンの王都襲来はひとまず幕を閉じた。

いつか訪れるであろう幼龍ちゃんとの再会にビビりながら、俺達は王都に帰還したのだった。


翌日、俺はリリスと共に冒険者ギルドを訪れていた。

王都はパパドラゴンが残したデカすぎる爪痕の復旧に取り掛かっており、朝からてんやわんやでカオスな様子だった。

そして冒険者ギルドも――

「アダム君！　リリス君！」

「英雄の帰還だあああああ！」

「俺はアダムさんならやってくれるって信じてたぜ！」

「俺は見たぜ！　天から舞い降りてストームドラゴンの鼻っ柱を叩きつけたリリスさんを！」

「アダムさん！　サインください！」

「アダムさん今度お食事一緒にどうですか⁉」

こっちもこっちでカオスってます。

ギルドに入るなり居合わせた冒険者の皆様が、怒涛の勢いで群がり、最初に声をかけたグラーフは人の波に押され、壁際で苦笑いを浮かべている。

「あ、あはは……どうも」

しっちゃかめっちゃかにもてはやされて困惑しているのは俺だけ。

リリスはさも当然だといわんばかりに胸を張り、手を振り、握手を交わし、サインを書いている。

お前、俺と出会った時、幾星霜眠り続けてたとか言ってなかったかよ。

芸達者すぎんだろ。

ちなみに俺に言い寄ってくる女性冒険者も多かったのだが、そこはリリスが鋭く……

「アダムさんはあげません（にっこり）」

と凄まじいプレッシャーを放ちながら言うものだから、誘った先から女性陣が遠のいていき、困ったものだ。

俺だって少しくらいチヤホヤされたいよ？　それに選ぶ権利は俺にあるんだからね？

そこんとこよろしくね？

「アダム君、今回は本当に助かった、ありがとう」

「いえ、間に合いませんでした」

「間一髪、とは言えなかったな」

「まぁ、そうですね」

グラーフは、バルザックの事を言っているのだろう。

彼は、最後の闘志を認められ、英雄としてギルドに語り継がれていくそうだ。

後日、彼を象《かたど》った銅像がギルドに届くらしい。

ジェニスとリンはきちんとギルドに出頭し、S級の剥奪と罰金、追加の謹慎を甘んじて受けているらしい。

ジェニスとリンの証言では、ダウンズも確実に死亡したらしいが、その遺体はどこにもなかったという。

復興が急がれる中、ダウンズの遺体探しに人員を割くわけにもいかず、その件は放棄される事となった。

俺達はストームドラゴン撃退の報酬を断り、その報酬は復興費用にあててくれといった。

グラーフはすまない、と謝っていたが、俺は自分なりにいい判断だと思っている。

なんせ、報酬ならパパドラゴンから大量に貰ってるからな。

そしてテロメアの事を聞かれ、鬼岩窟でテイムしたと説明しておいた。

「一体、誰がストームドラゴンの幼生体を殺し、首を持ち帰ったのか……」

「そうですね。グラーフさん、冒険者ギルドにそのような依頼は来てましたか？」

「いや、ない。そもそも普通は幼龍に手を出すなんて危険度の高い事はしない。今回のような事になるからな」

「ですよね。なら……」

「心当たりは？」

「何者かが仕組んだ、その可能性が非常に高い」

「あるわけが――いや、あるにはあるが、証拠がない……」

そもそもドラゴンに王都を襲わせてなんの意味があるのか。

他国のスパイ？　それはないよな。今は戦争なんてしてないし。

そりゃ、紛争やら内戦やらドンパチやってる国はあるさ。でもウチの国は関係しない遠くの事で。

二人して頭を抱えていた時、メルトをあやしていたリリスが口を開いた。

「匂いで追えばいいんじゃないですの？」

「「匂い？」」

「はい。首をまるまる持って帰ってきたのなら、幼龍の匂いがあるはずです。だからパパもここに来たのでしょう？」

珍しくリリスの頭が冴《さ》えている。いつも脳内がピンクのお花畑のような奴なのに。

だけど――

「匂いを追える奴がいればいいけど。あの場にいた奴で匂いを追える奴なんて……」

「いたじゃありませんか」

「え、いや、俺には無理だぞ？」

「分かってますよ。でも、誰か忘れていませんか？」

誰か？　ストームドラゴンの巣にいたのは俺達だけだ。

でも、メルトは厩舎に入れていたし——ってまさか。

「リリスが追うってのか？」

「ザッツライ！」

リリスは誇らしげに胸を張っているが、いいのかそんな犬みたいな扱い。

確かにリリスはドラゴンっていうよりワンコって感じだけど。

「いいのか？　そんな犬みたいな事」

確認のためにそう聞くが——

「構いません。私はアダムさんの妻であり、犬であり、昼も夜も常につき従う女。たとえ駄犬《だけん》があ！　足を舐めろ！　と罵られても——」

「おい待て、てめぇ何言ってやがる！」

通常運転だった。

「ほっほう！　実に過激！　だがそれも愛ゆえか！　良い妻を持ったなアダム君！　しかしいつのまに結婚していたんだ？　言ってくれればよかったのに」

リリスの冗談に、グラーフが真面目な顔をして反応する。

「結婚なんてしてません！　フリーです！」

「いや、だが、今リリス君が」

「こいつはいつもこうなんです！」

「なるほど。君にベタ惚れってやつだな！　アダム君も隅に置けんな！　はっはっは！」

「恥ずかしながらそんな感じです」

「いつか必ず正妻の座は私が！　えへへえへへ！」

公開羞恥プレイみたいな感じになってしまったじゃないか。

リリスは好き放題言っていいよなぁ！　毎回否定する俺の気も知らないで。

「なので私が！　匂いを追って！」

「いや、それはダメだ」

意気込むリリスに、グラーフは真剣な面持ちで待ったをかける。

きょとん顔のリリスは俺の顔とグラーフの顔を交互に見るが、俺もきょとんとしているだろう。

「それはギルドの管轄《かんかつ》を逸脱《いつだつ》した行為だ。冒険者ギルドは正義の団体じゃない。もし何者かの策略でストームドラゴンが王都を襲撃したのなら、それはその情報を衛兵か国軍に伝え、そちらに任せるべきだ」

「確かに……そうですが」

「リリス君、そこを履き違えてはならん」

「でも！　何人もの冒険者が死んでいるんですよ？　それについては何も感じないのですか」

ストームドラゴンの猛攻で何人もの冒険者が帰らぬ人となっている。

「死者が出ているのは何も冒険者だけではない。住民、衛兵、軍人、多くの死者が出た」

「それは！」

「アダム君。何度も言うが、冒険者ギルドは正義の味方ではないし、軍でも衛兵でもない。冒険者ギルドとしては何も出来んのだ……分かるな？　今我々がやるべき事は、日常を取り戻す事だ。正直な所、俺だって怒りはある。そいつがドラゴンを呼び寄せなければこんな悲劇は起こらなかった。怒っているのは俺だけじゃない。冒険者達全員がそう思っている。だが、冒険者ギルドとしては何も、出来んのだ」

冷静に話しているようで、グラーフの拳は小刻みに震えていて、相当な怒りがあるのが分かる。

そしてグラーフの言葉の正統性も分かる。

「く……」

「アダムさん……」

けど――くそ。何も出来ないっていうのか。

「話は終わりだ。俺はこの話を軍と衛兵に上げてくる。君達も、冒険者としてもうこの話には関わるな。君達のやるべき事をやれ」

「……分かりました。失礼します」

「ごきげんようグラーフさん」

俺達は席を立ち、そのままギルドを出た。

どうしようもないやるせなさが心を掻き乱す。グラーフの言う事はもっともだ。

俺のような一冒険者が口を突っ込んでどうこう出来る話ではない。

けど。でも――だとしても。

『マスター顔こわいよー？』

『お腹いたいの？』

『変なもの食べたんでしょー？　ダメだよー』

メルトが怪訝な顔で俺を見て、頬擦りをしてくる。仕方ない、今後の事を考えるか。

そう考えを切り替えようとした矢先、リリスが口を開いた。

「さて、ではどう動きましょうかアダム様」

「は？」

「匂いを追って、犯人をしばき倒して衛兵に突き出しますか？」

「待て待て」

こいつは何を言ってるんだ？　グラーフの話を聞いていなかったのか。

「なんですか？　どうしたのですか？」

「どうしたって、グラーフさんが言ってただろ、この件からは手を引けって」

「アダム様は勘違いをしていらっしゃいますわ」

「勘違い？」

「はい。グラーフさんは確かに手を引けと言っておりましたけど、それは冒険者として、ですよね？」

「そうだ。この件は軍や衛兵に任せるって言ってたろ」

「はい。でも個人的にどうこうするなとは言っておりませんよね」

「あ……そう、だな」

「グラーフさんは何度も強調するように言ってましたよね、冒険者ギルドとしては何も出来ない、と。なら私達は冒険者としてではなく、一個人として行動すればよいのでは？」

「お前なぁ、それは屁理屈って言うんだよ」

無茶苦茶というかなんというか、至極真面目な顔して言うから何かと思ったけど……まぁでも確かにやたらと「冒険者ギルドは」って言ってたな。

「屁理屈かもしれませんが、グラーフさんはきっと私達に犯人を暴《あば》いて欲しいと思っていますよ」

「なんでそう言いきれる」

「女の勘、てやつです！」

「お前なぁ……」

「あの瞳、あの念の押しよう。しかも最後には冒険者としては関わるな、君達のやるべき事をやれ、とまで言ってました。これはもう確定です！　グラーフさんはきっとこう思っているはずです！

あぁ！　俺はギルドマスターという立場上、手を引けとしか言えない。分かってくれ、そして必ず

「俺の、俺達冒険者の代わりに、散っていった者達の仇を取ってくれ！　と！」

リリスは歌っているかのように声高らかに、身振り手振りを交えながらそう言った。

そうか……そうだな。

たとえリリスの言い分が屁理屈でも、解釈が無理矢理でも、個人的に動くなとは言われてない。

なら――やってやる。

「分かった」

「アダム様！」

「リリス、やるぞ。俺達で王都をこんなに荒らした奴をとっ捕まえて衛兵に突き出してやろう」

「はい！」

「やってやろうぜ。俺達の手で、散っていった冒険者達の、住民の、みんなの仇を取ってやろう」

パパドラゴンの襲撃はかなりの被害をもたらしている。

逃げ遅れた住民はもちろん、前線で戦っていた冒険者達、パパの放ったブレスや魔法に巻き込まれた衛兵、軍人、と死傷者数はかなりの数にのぼる。

パパをおびき寄せた元凶がどこのどいつか知らないけれど、この報いは必ず受けてもらう。

憤怒状態のストームドラゴンに襲撃されて、この程度の被害で済んだのは奇跡とも言える。

下手をすれば王国全てが焦土と化し、消滅していたかもしれない。

元凶をとっ捕まえてその動機を明らかにして、責任を取らせてやる。

ごめんなさいじゃ済まされないいし、済まさない。

俺とリリス、メルトにテロメア、さらにロクスがいれば敵はいないだろう。

「これは個人的な恨みだ」

「はい！」

「俺とギルドはなんの関係もない」

「そうです！」

「個人的にやるんだから制約やルールなんてものもない」

「いえす！　いえーす！」

「まじぶっころだわ」

「やっちまいましょう！」

バルザック、お前の仇も取ってやるからな。

俺は出来れば、お前を友と呼びたかったよ。どこで間違えたんだろうな。

今となってはそれも分からないけれど、少なくとも昔はお前に憧れていたんだ。

「ではでは！　早速動きましょう！」

「そうだな。リリスは匂いを追えるんだよな」

「もちのワンです！　ですがですがアダム様？　私はA級ですがアダム様は王国に数少ないS級です。身バレしたらいけません。面倒事になるのはダメです」

「うん……？　そうだな……いや、そうなのか？」

「という事で、身バレしても大丈夫な助っ人を呼んでください」

「呼んでくださいって……強行突破じゃダメなのか？」

「それも良いですけど、元凶に逃げられたらどうするんですか」

「それもそうだな」

「なので、呼んでください」

「だから誰をだよ！　俺の記憶に、強くて身バレしていい奴なんていないぞ！」

「いるじゃないですかアダム様」

「もったいぶらずに教えてくれよ、一体誰だ？」

うわぁ、リリスがやたらとドヤってるよ……

ふふん、て顔してるよ。

「それは——バルザックです。彼なら、たとえバレて噂になっても、誰も信じませんよ！」

「はぁ!?　バルザックはもう死んだんだ。土葬《どそう》だって済んでる」

「だからこそですよ！　それに、闇ギルドの奴らも驚かせられますよ！」

「……でも、【冥府逆転】を使ったら、バルザックは俺のサーヴァントになるんだぞ？」

「そうですね？　嫌なんですか？」

「嫌というか」

「嫌なら問題が解決した後、解放すればいいじゃないですか」

「解放してどうする？　バルザックが死亡した事は周知の事実だ」

「そんなの仮面付けたり他国に亡命するなりやりようは色々あると思いますよ」

「……参考程度に聞いておく。バルザックを蘇らせて何させるつもりだ」

「え？　陽動役です」

闇ギルドに潜入する際に、俺たちが動きやすくなるように、バルザックを目立ってもらうのか。

「なるほどな。戦力とは考えないのか？」

「私達がいるのに？」

目をパチクリさせて小首を傾げるリリス。確かに既に戦力は十分だろうな。

「陽動役をやらせるのは理解したが、バルザックが死んでから時間が経ってる。魂がそこら辺に残ってるとは限らないぞ」

「そうかもしれませんが、そうではないかもしれません」

やってみないと分からないって事かよ。

「もし魂が残ってなかったら？」

「んー……その時は適当に幻獣の魂ぶち込みましょうか」

「お前、冒涜《ぼうとく》って言葉知ってるか!?」

「冒涜？　そんな言葉はアダム様の辞書にはありません。森羅万象の王たるアダム様が良しとすればそれは真理となるのです」

「意味分かんねぇよ……」

白い花を、俺が黒い花って言えば、黒になるって事だろ？　どんだけ横暴な王様だよ。

王様やるなら、皆に愛される優しい王様になりたいよ俺は。

「まぁまぁ、モノは試し、やりましょう！」

「何か今回やたらと張り切ってるな」

「そうでしょうか？　私はいつでもフルスロットルですよ？」

「別のベクトルでな⁉」

だがまぁ、仮に成功したとすればバルザックは蘇り、第二の人生ってやつを与える事が出来る。

凄い満足そうに逝ったから、すげぇやり辛いけどな。

「とりあえずバルザックの魂が残ってそうな所を回るか」

「そうしましょう！」

『おさんぽ行くの？』

『バルザック死んだよ？』

『バルザック生き返るの？』

「ん、おさんぽだよ。メルトはバルザックが生き返るのは嫌か？」

『んー別にどっちでも！』

『嫌いだったけど死んだなら許してあげる！』

『僕達心が広いから！』

「そっか、ありがとうな」

尻尾をゆらゆらさせているメルトの胴体を軽く撫で、俺達はまず、バルザックが命を落とした場所へ向かう事にした。

「あ、アダムさん」

「モニカか。どうしたんだこんな所で」

城壁外に出た所で、ユニコーンズホーンを握りしめているモニカと鉢合《はちあ》わせした。

モニカは治療院で負傷者の相手をしていると思ってたので、なんでこんな所に？　って感じである。

「お父さんドラゴンと戦って命を散らした方々を鎮魂《ちんこん》しようと……」

「「その鎮魂ちょっと待ってもらっていいかな!?」」

俺とリリスは揃って大きな声でモニカに待ったをかけた。

「ひゃぃ!?　なな何!?　二人していきなり大声だして！　びっくりするじゃない！」

思わぬ所で計画がダメになる所だったよ。

危ない危ない……

ここにバルザックの魂が残ってるとは限らない。けど、いたけど成仏《じょうぶつ》しました、じゃバルザックが幻獣バルザックになってしまう。

「ごめんごめん。実はかくかくしかじか……」

「あーなるほどね。分かった。アダムさんの【冥府逆転】が終わったら鎮魂するね」

「そうしてくれ。んじゃさっそく……【冥府逆転】」

スキルを発動すると、幼龍の魂を探した時のように視界の色が変わる。

バルザックが息を引き取った場所を見てみるが……やはりいない。

ダメか、と思って視線をずらした途端。

「うっ……」

強烈な目眩《めまい》と共に、無数の魂が俺の周りに浮いているのが見えた。

俺のスキルに引き寄せられてるのか、どんどん数が増えていく。

「これは……全員あの戦闘に巻き込まれた人達か……」

冒険者、住民、兵士、行き場のない魂が、理を覆すスキルに反応して助けを求めているようだ。

そう思うと胸がぐっと苦しくなり、目頭が熱くなってくる。これはダメだ。

ごめん皆、俺は皆を助けられなかった……

「っく……ふぅ……」

スキルの発動をやめると、強烈な倦怠感《けんたいかん》と虚無感に襲われてしまい、目からは涙が溢れてきた。

「あ、アダム様!?」

「どうしたのアダムさん！」

「バルザックはいなかった。でも……成仏出来てない魂が無数にいる……」

「そう、ですか……」

「私がちゃんと送ってあげるから！　みんな心配しないで！　安心して！」

何もない空間に向けてモニカが声を上げ、シャン、と錫杖を鳴らした。

後の事はモニカに任せ、俺とリリスは他の場所を見て回る事にした。

その後は大変だった。

スキルを発動する度に彷徨う魂が引き寄せられてきて何度も吐きそうになった。

そしてついに、太陽が沈み始めた頃、バルザックの魂を見つけた。

バルザックの魂は自分の墓の前にいた。

ごくり、と喉が鳴る。

バルザックも俺を見つけたが、負い目を感じているのか少しずつ後ろに下がっていく。

「待ってくれバルザック！　あんたを蘇らせる。だからこっちに、肉体の中に入ってくれ」

俺の言葉を聞いて、バルザックは少し狼狽《うろた》えていたが了承してくれたようで、墓の上に移動し、そのまま地面の中に消えていった。

「蘇生させたらすぐに厩舎に取り込む。厩舎にはちょっと色々いるけど……気にするな」


――**【バルザック】がサーヴァントとなりました。**


理ちゃんの声が聞こえた瞬間、バルザックを厩舎に取り込む。

ちょっと肉体が腐ってるかもしれないけど、すぐに修復してやるから待っててくれ。

そしてそのまま俺達は墓を後にし、人気《ひとけ》のない場所でバルザックを呼び出した。

案の定ちょっと腐っていてゾンビみたいになっていた。

気持ち悪いのをこらえながら、損壊した部分を修復していく。

なくなっていた腕が生え、潰れた下半身から新しい肉が盛り上がっていって無事に修復は完了した。

ただここで問題が発生。

「悪い……服出すわ」

「……そうしてくれると嬉しい」

五体満足になり、意識も明瞭になったバルザックは、股間を手で隠しながら少し恥ずかしそうにしていた。

「これを着てくれ」

気まずい雰囲気の中、俺は宝物庫からローブを取り出してバルザックに渡す。

「すまん」

バルザックはローブを着ると、おずおずと口を開いた。

「……ありがとう。嬉しいよ。まさか生き返れるなんて思ってもいなかった。奇跡としか言いようがない。本当にありがとう。そして本当に……本当に色々とすまなかった」

バルザックはどうしたらいいか分からない、と言った表情で地面に座り込み、何度も頭を下げた。

メルトはバルザックの匂いをスンスンと嗅ぎ、親愛の印、許したよ、という意味を込めてその巨体をバルザックにすりすりと擦り付けた。

「いいさ。あんたは一度死んだ。それでチャラだ」

「すまない。いや。申し訳ございませんでした」

「何かしこまってるんだよ」

「蘇生させられた瞬間、頭に流れ込んできたんだよ。アダムという男がどんな存在なのかが」

「なるほど」

「まさか森羅万象の王、とはな。それで葬滅の大墳墓を生き残ったというわけなんだな」

「そういう事だ。死にかけたのは事実だけどな」

「……すまん」

「おい貴様。アダム様にタメ口とは随分と無礼な奴よのぅ」

「やめろリリス。俺がそうしたいんだ。同郷の奴にへりくだられても困る」

「そうなのですね！　なんと寛大なお方でしょう！　ますます惚れ込んでしまいますわ！」

「さんきゅ」

バルザックの俺への態度が許せないようで、リリスが口を挟むが、ここは軽く言いくるめておく。

「お、お前……」

バルザックが驚いたような目で俺を見ているが、言いたい事は分かる。お前覚えていたのか、だ。

「覚えてたよ。俺はあんたに憧れてた。でも、恥ずかしくて覚えてるって言えなかったんだ。ごめん」

「それは、俺も――」

「え？」

「俺もお前に憧れていた。だから……覚えてないと言われて悲しかったんだ。それであんな子供じみた事を──」

「……悪かったよ。なぁ、もうやめようぜ、こんな話」

「お前がそれでいいなら」

「じゃあおしまいだ。過去の話よりこれからの話をしよう」

「分かった」

俺とバルザックとリリスはその場で肩を寄せ合い、今回の事件の顛末《てんまつ》を話した。

そして、そこで許されざる事実が明らかになった。

「あのドラゴンは……ダウンズが手を回して呼んだものらしい」

「なん、だと……？　おい、それ本当なのか」

「本当だ。謹慎を食らっている時、ダウンズが一度どこかへ出掛けた事があった。何をしていたのかを聞くと奴は、少しの辛抱だ、とだけ言っていた。そしてドラゴンが襲来した時、自分が依頼したと、言ったんだ」

「ダウンズは本当に死んだのか？」

「あぁ、間違いない。ピクリとも動かず、体中がめちゃくちゃだった。本当だ」

過ぎた事とは言え、衝撃の事実に怒りがこみ上げてくる。

あの馬鹿はどこまで行っても腐ったクズ野郎だったたって事かよ。

「ラディウスの名誉を回復させるには、俺達が必要なんだと思わせる必要がある、とか言っていてな……まさかこんな事になるとは思っていなかったよ」

「ダウンズがこの場にいたら、百回くらいぶっ殺したいくらいだ」

「それは俺も同じ気持ちだ」

この事件を引き起こしたダウンズは既に死亡。

遺体は見つかっていないというのが少し気になる。

「ダウンズが依頼したというのは……冒険者ギルドではないみたいだし」

「闇ギルドだ」

「闇ギルド？」

「そうだ。この王国には、ミッドナイトという闇ギルドが存在しているらしい。俺も詳しくは知らないし、はっきりとした事は言えないんだが」

「ダウンズがそこに依頼してドラゴンを引き寄せた、って事か」

「ああ……」

「でもそうなると……ミッドナイトは王都がこうなるって分かってて依頼を決行したって事かよ」

「まぁ、そうだな……」

「くそ……ダウンズもゴミクズだが、そのミッドナイトって闇ギルドもゴミクズだな！」

「ミッドナイトは非合法な依頼が主らしい。暗殺、人身売買など利になる事は全てだそうだ」

「だからって！」

依頼だから王都を襲撃させたってのかよ。自分の国だぞ。

きっと、ミッドナイトの奴らは安全な所で王都が襲われる所を見てたんだろう。

許せない。やっていい事と悪い事があるだろうが！

どれだけの被害が出るとか、容易に想像出来たはずなのに、それを全部無視したって事か。

良心のカケラもないのかよ。いや、ないからこそ闇ギルドなんてやってるんだろう。

「それじゃあアダム様、潰しちゃいますか？」

「そうだな。俺は怒った」

「怒っているアダム様も素敵ですわ！　胸がトゥインクルトゥインクルしちゃいます！」

「やるのかアダム」

「そのつもりだ」

「俺も責任を果たす。やるぞ」

『怒ったマスターは怖いんだぞ！　おやつ抜きにされちゃう！』

体をくねくねさせているリリスに脳天気なメルトと、怒ってる俺とバルザックの温度差がありすぎるが仕方ないだろう。

「でもリリス」

「なんでしょう？」

「バルザックは蘇らせたけどさ、俺が仮面被ればいいんじゃないか？」

「何言ってるんですか？」

「え？」

身バレしなければいいなら、俺が仮面被って黒ずくめになって動けばいいんじゃないのか。と思ったのだけど――

「仮面なんて付けたら、アダム様のご尊顔が見られなくなってしまうじゃないですか」

「えっ、そんな理由!?」

「それ以外に何かありまして？　夫であるアダム様のご尊顔は、いついかなる時でも見続けていたい。ただそれだけですの。乙女の純情を分かっていただけますか……？」

「お、おう……」

顔が見れないって、それだけの理由かよ。

リリスらしいっちゃらしいけど、ほらみろ、バルザックが微妙な顔してるじゃないか！

「……とりあえず、生き返らせてくれた理由は聞かないでおこう」

「うん。そうした方がいい」

「俺は再び大地を踏んでいる。それだけで充分だ」

「うん、それでいいと思う」

「貴方は陽動役、もっと言えば、囮ですわよ？」

「身も蓋《ふた》もない言い方をするな!?」

さらっと事実を述べるリリスだが、その顔に悪い事を言ったという様子は皆無。

バルザックがかわいそうだろ！

「この馬鹿の言い方が悪かった」

「まぁ構わんさ。陽動役でも囮でも、なんでもやらせてもらう。それが罪滅ぼしの一環になるのなら喜んで役目を果たそう」

「バルザック……」

「いい心構えですわ。褒めてつかわす」

バルザックはどこかすっきりとした表情で、俺とリリスを交互に見て、頭を下げた。

「俺を憎んでくれても構わない、それだけの事を俺はした。だから、お前の気が済むまで俺をこき使ってくれ」

「だからさ、もうそういうのはないってば。憎んでもいないし恨んでもない。さっきも言ったけど、バルザックは王都を守るために命をかけて戦って、死んだ。それで今までのお前は死んだんだ。それで全部チャラでいい」

「……すまん」

バルザックは頭を下げたまま動こうとしない。

その理由をなんとなく察し、それ以上何か言う事はやめた。

なのに――

「あぁ……アダム様、なんと気高くお優しい……このリリス、やはりアダム様以外の妻になる事は考えられません……抱いてくださいまし……」

「うるせぇ！」

「きゃいんっ!?」

俺の腕に腕を絡め、耳元で熱い吐息を吐き出しているリリスに、チョップを叩き込む。

雰囲気も空気もぶち壊しやがってこいつは。

「ははは……！」

「バルザック？」

「あははは！　あっはっはっは！」

「お、おい」

頭を下げて黙っていたバルザックが、いきなり大声で笑い始めた。

「いやすまん。ついな、面白くてな、くく……随分と愛されているじゃないか」

「あーまぁ、な」

「お嬢さん、あんただろう？　ストームドラゴンの鼻面を踏んづけたのは」

「いかにも！」

「いやはや、あんな芸当をするリリスさんが、アダムの前では子犬のようだな。くくく」

リリスの態度がつぼにはまったのか、未だに押し殺した笑いを続けるバルザック。

これからミッドナイトを潰そうとしているというのに、実に和やかな空気になってしまった。

「よし、それじゃあ、やるぞ。とりあえず俺はバルザックの装備を買ってくる。それまで厩舎の中にいてくれ」

「分かった」

握手を交わしてからバルザックを厩舎に入れ、俺とリリスとメルトは行動を開始した。

◇　◇　◇

「首尾はどうネ」

ワタシ、ミッドナイトのギルドマスターであるミヤは、部下に計画の首尾を問う。

「はい。現在被検体は順調に調整されています」

「分かったネ。幼龍の首はどうなっているカ？」

「幼龍の首は研究に取り掛かっております。あの首からはいいデータが取れるでしょう。用途はいくらでもありますからね」

「イイネ、イイヨ、イイじゃないイ」

ストームドラゴンの幼生体の首を刈り取り持ち帰る事で、その親をうまく王都に引き寄せる事が出来た。

王都が壊滅しようと何人死のうと、我々にとってはどうでもよかった。

ただ金が入り、好きな事をし、好きなようにやれればそれでいい。

法も、人も、何もミッドナイトを縛る事は出来ない。

そもそもミッドナイトに属する者達は全て、表の世界では生きられない爪弾《つまはじ》き者、異端者、異常者、狂人の類。社会不適合者の集まりなのだから。

この王都出身の者もいれば、他国から流れてきた重犯罪者なども多い。

そんな者達に慈悲や憐憫《れんびん》の情などがあるわけもない。

ミッドナイトに属している者の中には、他国で優秀な研究成果をあげたが、禁忌《きんき》に手を出して追放されたマッドサイエンティストや、稼ぐために様々な事業に手を出して追いやられた強欲な商人などもいるために、様々な分野に手を出す事が出来る。

顧客には貴族や豪商などもおり、根回しや証拠隠滅《いんめつ》もお手の物。

そして、裏稼業であるだけに依頼額も跳ね上がる。

潤沢《じゅんたく》な資金と人材により、ミッドナイトは巨大な闇ギルドとなって王都の裏側を支配していた。

「死体もイっぱイ手に入ったしネ。ほくほくヨ。ありがとうネ、ダウンズさン」

ストームドラゴンの襲撃により命を落とした者達の遺体は、騒ぎに乗じてこのミッドナイトが相当数回収している。

冒険者しかり、衛兵しかり、住民しかり、ミッドナイトにとって、死体や半死半生の肉体は格好の研究素材となりえる。

禁止薬物の実験や、禁忌とされる秘術、その他諸々の用途にそれらは有効活用されていく。

死者の尊厳など知った事かと、研究者達は死体を切り刻み、薬品などの実験に使い回し、使い終わればゴミとして廃棄する。

「でもネ……もう少し暴れて欲しかったネ」

報告書をペラペラとめくりながら、ワタシは独《ひと》り言《ご》ちる。

本来なら王都の半分ほどを壊滅させ、それに乗じた事業の斡旋《あっせん》や裏取引、政治的介入などを目論んでいたのだが――

「アダム。こいつがドラゴンに乗って去ってイった、か。邪魔をしてくれましたネ」

報告書には一人の男性冒険者と、二人の女性冒険者がストームドラゴンの背に乗り飛び去った、とある。

そしてその者達、アダム、リリス、モニカの名前もしっかりと記載されていた。

「冒険者ランクS級……テイマーですネ。ドラゴンを育めるとはナルホド、確かに腕のイイ方のようですネ。他のお二方はA級、一人はあの聖女ですカ。聖女の中身は一体どうなってイるのカ……非常に興味深イ」

薬瓶に詰められた人間の内臓器官を撫で回し、ワタシは思わず舌舐めずりをする。

「おイ」

「なんでしょうミヤ様」

ワタシは背後に控えていた職員の足元に、アダム達の情報の載った報告書を放り投げた。

「この三人をご招待しよウじゃないカ」

「かしこまりました。現在すぐにご用意出来るのは、単独で動いているモニカでございますが」

「イイヨ。聖女サマを丁重《ていちょう》にお迎えにアガれ」

「は」

職員は音もなく退室し、部屋にはワタシ一人。

「どうお迎えしヨウか、楽しみですネ」

◇　◇　◇

俺、アダムとリリスは、雑貨屋で適当な仮面を買い、武具屋でバルザック用の防具を買い揃えてから宿に戻った。

武器は、墓に埋められていたバルザックの愛剣、鬼神剣《きしんけん》だ。

「どうだ？　そんな防具で大丈夫か？」

「あぁ、問題ない」

宿に戻り、防具を身に付けたバルザックが大きく頷いた。

「そうか」

「何もドラゴンを相手にするわけじゃないんだろ？」

「まぁな」

「俺は仮面を被り、リリスさんの言う通りに進む、そして――」

「ミッドナイトを潰す」

「でも一ついいか？」

「ん？」

「なんで俺が仮面を付けるんだ？」

「そりゃお前は死んでる事になってるからな」

「だが、身バレしてもいい者として俺を選んだんだろう？」

「そうなんだけど、死んだ人間が真昼間からウロウロ出来ないだろ？　仮面を外すのは突入してからだ」

「確かにそうだな。分かった」

今は復興作業で慌ただしい王都だが、だからと言ってバルザックが大手を振って歩けるかと言えばＮＯだ。

バルザックはラディウスリーダーとしてかなり顔が売れている。

死んだ事だって大勢の人が知っている。

「私はいつでも準備オッケーですわ！」

「よし、じゃあ行こう」

メルトを厩舎の中に入れ、ロクスを呼び出す。

「やれロクス」

ロクスはうにょうにょとのたくり、二つに分裂して俺とリリスの前に来る。

そして俺達それぞれの体と同じくらいまで伸びると、そのまま薄く広がっていき、体全体を包み込んだ。

「凄いな……どこにいるのか本当に分からない」

ロクスに包み込まれる一部始終を見ていたバルザックが、感心したように頷く。

ロクスを体に纏わりつかせ、【ステルス】を利用して景色に溶け込む。

俺はロクスの【ステルス】をどうにか活かせないかと考え、結果このような使用方法を編み出したわけなんだけど――

まさか宿からやるとは思わなかった。

何も宿から消えていく必要はないんじゃないか、とリリスに意見してみたが、

「こういうのは雰囲気が大事なんですよアダム様」

と一蹴《いっしゅう》されてしまった。

ロクスに包まれたら俺の顔は見えないわけだが、それはいいのか、とリリスに聞いたら……

「嫌ですわ。でもロクスは最近出番がなかったから許してあげます」

とか意味不明な事言ってたし、わけ分からんわ。

宿を出た俺達は、リリスの先導で、匂いを追っていく。

バルザックからは俺とリリスの姿は見えず、ロクスに包まれている俺からもリリスの姿は見えない。

なので、三人の間は細く糸のようにしたロクスの一部を繋げて、どの辺りにいるのかが大体分かるようになっている。

リリスは「アダム様の姿が見えなくても匂いで分かります！　必要ありません！」と豪語《ごうご》していたが一応念のためである。

匂いを追い、路地裏を何度か曲がって進むと、目的の場所に辿り着いた。

「ここが？」

「そのようですわ」

「雑貨屋、のようだが」

路地裏にひっそりと佇む古びた雑貨屋。客はおらず、髭の伸びたおじいちゃんがただ座っているだけ。

とても闇ギルドとは思えないが、カモフラージュだろう。

「店主」

「はいはい、いらっしゃい」

「探し物をしているのだが」

バルザックが店主と話している間に、俺とリリスは辺りを調べ、隠し扉か通路がないかを探していく。

「アダム様アダム様、ここです」

リリスがその場で小刻みにロクスの細糸を揺らして、その場所に入口がある事を教えてくれた。

そのままバルザックに合図を送る。

「店主よ、ありがとう」

「もういいのか」

バルザックは流れるような動きで老人の意識を奪い、縛り上げてから物陰に隠した。

俺はその間に、ロクスの一部を隠し扉の隙間に滑り込ませて鍵を溶かす。

ロクスの強力な溶解液で、鍵はあっという間に溶け落ちて扉が開いた。

扉の先は階段になっており、地下へと続いていた。

バルザックは先に進む、とハンドサインをよこし、ゆっくりと階段を下りていった。

階段を下りた先にはまた扉があり、その隣には男が座っていた。

男はバルザックに気付くと即座に声をかけてきた。

「お前、何者だ？」

「ちょっと探し物をな」

バルザックは実に緩慢《かんまん》な動きで男の前に立った。

男は警戒心を露《あらわ》にしており、手にナイフを握る。

「上からの連絡はなかった。つまりお前は強行突破してきたという事だな？」

「そうなるな」

「何やってるか分かってるのか？」

「分からんな。俺にはさっぱり分からない。だが……お前如きに関わっている暇はない。寝ていろ」

「……かは……」

男が瞬きをした瞬間に、バルザックは手を振り抜いて頸部《けいぶ》を一撃、男の意識を奪った。

バルザックが倒れた男のポケットから鍵を抜き取り、扉を開ける。

俺達は躊躇なく踏み込むが、特に中で騒ぎが起きるという事もない。

中は薄暗く、何個かの丸テーブルが置かれていて、その上で蝋燭が揺れている。

だが、中には誰もいない。もぬけの殻だ。

「バレたな」

バルザックがそう呟いた途端、正面の壁にいくつもの穴が開き、無数の矢が放たれた。

「ふん」

壁に穴が開いた瞬間、バルザックは丸テーブルを蹴り上げてその裏に隠れ、丸テーブルを引きずりながら後退、俺達のいる扉まで戻ってきた。

「大丈夫か？」

「大丈夫だ、問題ない」

「さすが闇ギルド、出迎えが荒っぽいね」

「恐らく、上で正規の手段を踏まねばすぐにバレる仕様のようだな」

矢は間断なく射出されているが、床には一本も矢が落ちていない。

すなわち今、射出されているのは魔法の矢。

魔力が切れなければ、矢も途切れる事はない。

「どうするバルザック」

「なに、言ったろう？　問題ないと」

「そうか」

「俺がスキルで突っ込む。【ホーリーランス】」

眩い光がバルザックを包み込むと同時に、バルザックは丸テーブルを突き破って正面の壁に突撃した。

派手な破壊音が鳴り、矢の射出が止まる。

「脆《もろ》いな」

バラバラになった壁の破片の上に立ち、バルザックがそう吐き捨てた。

なんだかバルザックがイケイケになってるような気がする。そしてとっても楽しそうだ。

仮面を付けているから表情は分からないのだけれど、この状況を楽しんでいるような気がする。

ぶち抜いた先は小さな部屋になっていて、大型の魔道具が置いてあった。

おそらくこの魔道具が魔法の矢を生成していたのだろう。

魔道具はその半分をホーリーランスに貫かれて機能を停止していた。

小部屋から出て先に進むと、ちょっとした大きさの部屋に出た。

「お前、何者だ？」

扉を開けた俺達の反対側の壁には、抜き身の剣を引っ提げた一人の男が立っていた。

「貴様に名乗る名前はない！」

バルザックが剣先を突きつけて堂々と言うが、この戦いに時間をかける必要はない。

「ほう、随分強気だな。ここに単身で乗り込んでくるだけはあるぎゃっ……」

男にゆっくり近付いた俺は、男の腹部、鳩尾《みぞおち》辺りにパンチを決めた。

「うへぇ、痛そうだ」

軽く宙に浮く男を見ながらバルザックがそんな感想を漏らした。

そしてその後すぐに、ドカドカと何人もの足音が聞こえ、またたく間に扉が蹴破られる。

「貴様！　何者だ！」

「我々に喧嘩を売るとはいい度胸だな！」

「たった一人だと!?　この命知らずが！」

などと、雪崩れ込んできた奴らが口々に喚き立てるが、バルザックは剣を半身《はんみ》に構えたまま口を開こうとはしない。

「バルザック、そろそろ仮面外していいと思うぞ」

「む、そうか、そうだな」

俺が耳元でそう呟くと、バルザックは無言で仮面を脱ぎ捨てた。

すると——

「お、お前は！」

「馬鹿な！　お前は死んだはずだ！」

「なぜここにいるんだ、バルザック！」

「ゴーストだ！」

「バルザックのゴーストが出たぞ！」

面白いぐらいの反応を見せてくれた。しかし中には——

「バルザックといやぁ、Ｓ級を剥奪されて落ちぶれた奴だろ？」

「元王国軍戦士長らしいが、大した実力はないって噂だぜ」

そう嘲る奴もいた。

バルザックは全ての言葉を目を伏せて受け取り、ややあって瞳を開いて言った。

「なら、試してみるか」

その言葉を口にした途端、場の空気がピシリと凍りついたように感じた。

元王国軍戦士長の瞳が細められ、体全体から強烈な闘気が迸《ほとばし》る。

バルザックは戦士長を務めていた頃よりも、数倍強くなっている。そして、俺のサーヴァントになった事により、さらに力を増している。

そんな男の本気が、今、解放された。

バルザックが対人戦闘をするのは、恐らく戦士長の座を降りてから初めての事であり、俺が見るのも初めての事だった。

「やれ！」

「「「おおお！」」」

「死から蘇った男の執念、思い知らせてやろう」

雄叫びを上げ突っ込んでくる敵を見ながら不敵に笑うバルザックは、その場から動こうとしない。

敵の振りかざした剣がバルザックに届こうとした刹那、キン、という澄んだ音が聞こえた。

バルザックを囲み振り下ろされた四本の剣は、時間が止まってしまったかのように動かない。

「【瞬刃《しゅんじん》】」

バルザックがスキルを発動させると同時に、四本の剣は真っ二つに切り落とされ、四人の胴体も真っ二つになって床に落ちた。

剣が振り下ろされる瞬間に四本の剣と四人の体を切り飛ばしたスキル、その剣速はあのアイドル剣士スウィフトにも劣らないものだった。

今のバルザックなら、余裕でS級の腕前を持つだろう。

「次はどいつだ？」

バルザックが歩を進めるとその分だけ、敵も下がる。

敵の表情は驚愕と恐怖に染まっており、明らかに今の剣技を見て戦意を失いかけている。

「来ないなら俺がゆくぞ。【死剣乱舞《しけんらんぶ》】」

スキルを発動すると同時に、バルザックが持つ剣がぶれ始め、二本、三本、四本と剣の残像が浮かび上がってくる。

「くそがあああ！」

恐怖に耐えられなくなったのか、敵の一人が斬りかかってくる。

「一人」

「がっ」

それに対してバルザックは、剣の残像の一つを、鋭い突きのように射出して、敵の胸に風穴を開けた。

「人間相手にこれを使うのは初めてだが……いや、貴様らは人間ではないからいいな」

「ま、待て！　落ち着け！　話し合おう！」

敵の中の一人が、床に武器を投げ捨てて早口でまくし立てる。

その顔にもはや戦意は感じられず、引きつった笑みを浮かべて滝のように汗をかいていた。

「なんだ？」

「だ、誰に雇われた？　いくらだ？　金ならいくらでも積む！　相手の倍額出そう！　それに俺がミッドナイトの幹部にお前を推薦してやる！　そうすればなんでも思いのままだぞ！」

「ほう？」

バルザックの反応を、話を聞こうという意思表示と受け取った男は、さらに早口でまくし立てた。

「女も！　金も！　なんでもだ！　クソみたいな表の世界のルールに縛られる事もない！　あんたのその強さがあればやりたい放題だ！」

「なるほど。ならば令嬢が欲しい、と願った場合はどうなる」

「そりゃもちろん、貴族の娘だろうがなんだろうが、拉致して監禁して、あんたの言う事を聞くように調教して渡すぜ！」

「それはとても興味深いな」

「だろう!?　な、なら！」

助かった、と安堵の表情を見せる男だが、バルザックの次の言葉でそれは最悪の手だったと知る。

「そんな外道な行為が日常的に行われているのなら、釈明の余地も、慈悲も哀れみも必要ないな。全員死ね」

「待っ――」

話をしている間にも増え続けた剣の残像が、敵の全てに飛びかかった。

男は「待ってくれ」と言おうとしたのだろうけれど、頭部を失っては言葉を発する事も出来なかった。

剣の残像は、そのスキルの名の通り乱れ、舞い踊り、盛大に敵の血飛沫《ちしぶき》をまき散らす。

「ふん。貴様らには輪廻転生すらおこがましいが……来世では真っ当に生きろよ」

おお、なんかバルザックがカッコいい事言ってる。スウィフトと戦ったらどちらが強いのだろうか。

この大勢の敵を倒すのに、バルザックが動いた歩数は僅か三歩。

【死剣乱舞】、恐ろしい技だ。

「やりますわね」

「ありがとう」

バルザックの見事な剣術を、リリスは素直に褒める。

「よし、このまま制圧するぞ」

「おう」

「殺りますわー！」

死臭の立ち込める部屋を後にし、俺達は次の標的を探すべく、先を急いだ。

この先に、誰も予想だにしない敵が待ち受けている事も知らずに――

俺達は順調に進んでいき、立ちはだかる敵はバルザックの剣閃の餌食《えじき》となっていった。

命乞いをする者、バルザックとの戦いに狂喜し瞬殺される者、まとまって挑んでくる者達、様々な敵が現れたが、どれもバルザックの敵ではなく、バルザックが数歩歩けば全てが終わっているような展開だった。

いや、強すぎじゃないか？

スキルを使ったのは最初の【瞬刃】と【死剣乱舞】のみで、あとはハエを払うような軽さで、あっさりと命を刈り取っていく。

しかし、ミッドナイトの人員はどれほどいるのだろう。切っても切っても次々と湧いてくる。

しかも襲撃を想定して作られているのか、内部の通路には様々なトラップが仕掛けられ、入り組んだ迷路のような構造になっていた。

どれほどの敵を屠っただろうか。

連戦にもかかわらず、バルザックの息は一切上がっておらず、返り血すら浴びていない。

何個目かの扉を潜り抜けると、そこは大きな広間のようになっていて、真っ黒なローブを被った男が立っていた。

「ようこそバルザック」

「誰だ貴様は」

「私かい？　私はしがない魔法使いさ。そして君の足止め役でもある」

男はその場を動かず、淡々と言う。

「たかが魔法使いが俺を止められると?」

「やだなぁ。そんなの無理に決まっているじゃないか。元王国軍戦士長、元S級パーティラディウスリーダー、勇者、英雄バルザック。しかしその実、仲間を生贄にして生き残った悪鬼《あっき》のような男」

「貴様……」

「そんな怖い顔されても困るなぁ。あはは! 事実じゃないか、ねぇ? 君は身を粉にして働いてくれたテイマーアダムを、道具のように扱い、あまつさえ使えないからと言って捨て駒にした。しかーし! 人身御供《ひとみごくう》にされたアダムは死地より帰還。君の名誉も栄光も名声も、全てが地に落ちてしまった。愚かしい、嘆かわしい、馬鹿らしい。君はどうしてそんなに腐りきってしまったんだい? それとも今の君も腐って動くゾンビなのかな? 死者バルザック」

「……言いたい事はそれだけか」

「いんやぁ? まーだあるけど、大したダメージは受けていないようだね。君のメンタルは鋼かい? 私の魔法を受けても微動だにしないなんてね」

「魔法だと?」

「そうさ。君と話しながらじわじわと精神を蝕《むしば》む魔法をかけたんだけどねぇ。おかしいなぁ」

今のバルザックには、あの程度の魔法は効かないみたいだ。気付いてすらいないようだし……

「さっさとそこを退け、でなければ」

「殺す、かい？　おお怖い怖い。では私は退散するとしようか。君の相手は彼がしてくれる」

「彼……？」

「そう。この私の研究成果がふんだんに詰まった試作品」

男はまるで演者のような身振り手振りで、深くお辞儀をする。

そして言った。

「フレッシュレスゴーレム。ダウンズ君」

「何……！」

男の声と同時に、ガシャン、ガシャン、という甲冑《かっちゅう》の音が聞こえ始め、やがてその音の主が現れた。

全身を真新しい重装備で包み、露出しているのは頭部のみ。

つぎはぎだらけの頭部には、人の目とモンスターの目がはめ込まれている。そして顔の所々には鱗のようなものが生えていた。

「ダウンズ……！」

男が言った通り、現れた存在は俺とバルザックがよく知る、死亡し、遺体が行方知れずとなったダウンズの変わり果てた姿だった。

「アダム様、あのキモイ男から、おちびちゃんの匂いがします」

「なんだと？」

「きっとおちびちゃんの首を使って、あのキモイのに何かしたのだと思われます」

「何かってなんだよ」

「それは分かりかねます……」

敵に気付かれないようリリスとヒソヒソ声で会話する。ダウンズに幼龍が使われてるって、融合でもしたのかよ。

バルザックも同じ事を思ったのか、苦々しく口を開く。

「貴様、ダウンズに何をした」

「色々とさせてもらったよ。入荷したストームドラゴンの幼生体の首の一部を使ってね。キメラって知っているかい？　私はその研究をしているんだがね……ここでその話をしても無駄かな。長くなるし、君には必要のない知識だし、理解も出来ないだろうしね。簡単に言えばドラゴンの力を少しだけ借りたゾンビ兵士って所さ」

「そうか。ご高説痛み入る」

「それでは、頑張ってくれよ。ダウンズ君」

「オオ……アァァ」

男の号令を受け、ダウンズが一歩踏み出した。

ダウンズの手は両方とも武器にすげ替えられており、大型の戦斧《せんぷ》と長剣がぶら下がっている。

「最後の最後まで迷惑をかけてくれるな、貴様という奴は！　ダウンズ！　俺が貴様に引導を渡してやる！」

「グォォオオ！」

バルザックが吠え、それに呼応するように、ダウンズも人ならざる咆哮を上げた。

突っ込んでくるダウンズの長剣をかわし、横から振り抜かれる戦斧を剣の腹で受け流すバルザック。

そのまま背後に回り込み、袈裟斬りを仕掛ける。だがそれは空を切って床に突き刺さった。

「っ！　速い」

ドラゴンの力の影響か、その動きは生前のダウンズより、遥かに速い。

「ちぃっ！」

切り落とされた首からどのように力を抽出したのかは分からないが、ダウンズの動きは尋常じゃない。

背後から切り掛かったバルザックの剣速は、決して手加減されたものではない。それを避《よ》けるのだから間違いなく早くなっている。

「苦戦しているようですし、助太刀致しますか？」

「やめろ。あれは俺達ラディウスの、バルザックの戦いだ」

「かしこまりました。ではゆるりと観戦する事に致します」

「けど、あいつは逃がすわけにはいかないな」

バルザックとダウンズが激闘を繰り広げる後ろで、先ほどの男が広間を出ていった。

いくらダウンズと言えど、その死体をいじくり回しキメラにするなんて、許す事は出来ない。

「リリス、俺はあいつを仕留める」

「であれば、このリリスもお供致します」

「いや、リリスはここでバルザックを見ていてくれ。ないとは思うが、バルザックが危なくなったら、ダウンズを終わらせてやってくれ」

「かしこまりましたわ」

リリスに指示をし、厩舎からメルトを出す。

「メルト、俺達以外の匂いを追ってくれ」

『おっけー！』

『くっさ！　くっさいよここ！』

『あれダウンズ？　ドラゴン？　どっち？』

「あっちは気にするな」

『『はーい』』

メルトはふんふんと空中を嗅ぎ、すぐに見つけたのか、トコトコと広間の奥へと進んでいった。

入り組んだ通路を抜けた先に、先ほどの男はいた。

男の前には複数人の手下と思しき者が跪《ひざまず》いていたが、俺とメルトには気付いていないようだ。

メルトを物陰に隠し、俺はステルスを解いて大きな声を上げた。

「なぁあんた。逃げられると思っていたのかい？」

「……バルザックだけではなかったのですか」

「あぁ、ちょっと隠れてたんだよ」

「お前は——アダムだな？　ドラゴンを宥めたテイマー。我らの一大事業を邪魔した者。初めまして、ワタシはノット」

「何が一大事業だ。お前の名前など聞きたくもないね」

「強がっているようだが、お前一人でどうするつもりだ？」

ノットの前に跪いていた手下達が臨戦態勢を取り、ノットはその後ろに回りながら余裕そうに言った。

「誰が一人だって？」

メルトに手で合図を送ると、陰からメルトがのっそりと姿を現した。

「……なんだ、その怪物は」

「メルトっていう俺のサーヴァントさ。この子にお前を追跡させたんだ。優秀だろ？」

メルトの姿を見たノットと手下達は、明らかに動揺し恐怖していた。

三つ首の巨大な犬という見た目と、メルトが醸し出す強者のオーラに圧倒されているのだろう。

俺からすれば可愛い相棒だが、唸り声を上げて牙を剥き出しにするケルベロスは、蠟燭の光に照らされて、さらに凶悪な雰囲気を醸し出していた。

「たかが大きな犬だ！　やってしまえ！」

「「「おおー！」」」

ノットの号令で、手下達が武器を手に突進してくる。

その集団に向けて俺はゆっくりと歩き出した。

「なっ⁉」

ノットが驚愕の声を上げるが、誰がメルトを戦わせると言った？　さっきも言ったがメルトは匂いを追ってもらっただけ。

「お前は俺が殴らないと気が済まないんだよ！【剛力招雷】！」

俺はミミルをテイムした際に得たスキルを解放。幾筋もの紫電を体に纏う。

「死ねぇ！」

ノットの手下の一人が、大きな声を上げて俺に切りかかる。

「それは断る」

振り下ろされる大剣を手で掴み、力任せにバギンとへし折る。

サーヴァントの力がストックされ、さらにスキルによって身体強化された俺にとって、剣を握り潰すなど造作もない。

全能感に包まれながら俺は次々と向かってくる敵が持つ武器を折り、絶対的な力で心を折り、力任せにぶん殴る。それだけで敵は物言わぬ肉塊《にくかい》となり果てる。

「ば、馬鹿な――たかがテイマーにこんな力があるはずない！」

「たかが、じゃあないんだよなぁ」

「は！　まさか貴様！　帝国が作り上げたと噂の強化人間だな⁉」

「違うよ。俺は――森羅万象の王だ」

「は？　何を言って――」

ノットはそれ以上話す事はなかった。

振り抜いた俺の拳がノットの顔面を弾き飛ばし、その勢いのまま吹き飛んで壁にぶち当たり、染みと化していたからだ。

「……クソが」

『『マスター強ぉーーー！』』

大人しく事の成り行きを見ていたメルトが、尻尾を振って寄ってきた。

やるせない怒りが、ゆっくりと引いていくのが分かる。

お前を弄《もてあそ》んだ奴は死んだ。あとはバルザックに切られて眠れ、ダウンズ。

「さて、戻ろう」

『『オッケー』』

俺は嬉しそうに尻尾を振るメルトの体をポンポンと叩き、来た道を引き返した。

リリスの元に戻ると、バルザックとダウンズの死闘はまだ続いていた。

「おかえりなさいませアダム様。早かったですわね」

「あぁ、ただいま」

戻るとリリスはステルスを解き、元の姿に戻ったロクスの上で寝そべっていた。

「お前なぁ」

「だって暇なんですもの……」

そう言ってリリスは、視線を戦っている二人に向けた。

サーヴァントになって強化されたバルザックと互角に渡り合っているダウンズだが、バルザックの方に幾らか分があるようだった。

ダウンズの鎧はあちこちに傷が刻まれ、片手も切り飛ばされていた。

とは言え速い。重装備を身に付けていながら、あの身のこなし、装備を身に付けていなければもっと速くなるという事だ。

拮抗《きっこう》した斬り合いだったが。その変化は唐突に訪れた。

「グァアゥ！」

ダウンズが吠えるとその体が灰色の光に包まれる。あれはダウンズのスキル、【封尽要塞《ふうじんようさい》】。

敵の動きを鈍くさせ、また、自身の防御力を上げるもの。

剣を合わせているバルザックに、ダウンズの纏う灰色の光が纏わりつく。

「しまった！」

「ギョラァアア！」

そのスキルの効果を知っているバルザックに焦りの色が浮かぶ。バルザックの首目掛けて、ダウンズの戦斧が煌めいた。


「よし！　これでもう大丈夫ですよ！」

「おお、モニカ様ありがたやありがたや……」

ストームドラゴンによる被害者は万を超える数となっていて、各地の治療院はパンク寸前だった。

私、モニカは各地の治療院を一日かけて回り、出来る限りの助力を続けていた。

「モニカさん！　こっちもお願いします！」

「分かりました！　それじゃあね、おじいちゃん」

近しい人が亡くなれば悲しみや憎しみという負の感情が生まれ、瘴気がそこに溜まっていく。

瘴気《しょうき》が溜まれば、そこに新たなモンスターなどが生まれることもあり、新たな悲しみの種となりかねない。

だからせめて、私は明るく振る舞い、さりげなく浄化し、治療にあたる人と治療される人の両方を癒し続ける。

出来る限り、自分の力を届けられる所に全力で届ける。

ユニコーンズホーンも私の想いに応えてくれているのか、その輝きはいつもより格段に眩しい。

「聖女様！　こちらへ！」

「へぁ⁉　あ！　はい！」

法国で聖女の称号を受けた私だけれど、今一つ実感が湧かないため「聖女」と私を呼ぶ声に少しだけ照れが出てしまう。

額に汗を浮かべながら必死に治療に当たり続け、日もとっぷりとくれた頃。

「はぁ……疲れた……明日はここことあそこと……五箇所くらい回れるかな？」

治療院を出て宿へと向かう道すがら、私はうーんと背伸びをし、凝り固まった肩をぐるぐると回していた。

魔力薬を飲み干し、頬をぱんぱんと叩いて気合を入れる。

アダムさんはリリスさんと共に何かを成そうとしている。ならば私に出来る事は治療に専念する事だけ。

「確か……この路地を突っ切った方が近道だったよね」

空を見上げれば月が天高く上っており、すっかり夜になっていた。

じっと見つめると、路地裏はひっそりと静まり返っていて、底なしの闇があるようにさえ思える。

棒のようになった足はそろそろ限界が近い。

込み上げる疲れをぐっと押し殺し、路地に足を踏み入れようとしたその時。

「お嬢さん」

と背後から突然呼び止められた。

「ぴゃっ⁉」

慌てて後ろを振り返り、錫杖を握りしめる。

「驚かせてすみません。確か貴女は、聖女モニカ様でいらっしゃいますよね？」

「え、えぇ、まぁ。そうですが……」

「やっぱりそうだ！　あぁよかった！　お願いしたい事があるんです！　ついてきてもらえませんか！」

「え……」

声をかけてきた男は目の細い、痩せ型の男だった。

どこか焦っているような、不安そうな雰囲気を男は発しており、私はそれが気になった。

「ど、どうかされたんですか？」

「実は、家にいる母が急に発作を起こしてしまい……この時間ですからかかりつけの治療院には連れていけず……他の治療院の方に行って先生をお呼びしようかと思っていたんですよ」

「なんですって⁉　それは大変です！　急ぎましょう！」

「あぁ！　ありがとうございます！　やはり貴女は、噂に違わぬ聖女様だ！　ではこちらへ！」

「はい！」

疲れている。足が限界だ。

でもこの人の母は、私が行かねば死んでしまうかもしれない。

そう思ったら疲れなどどうという事はないのだ。私が頑張ればいいのだ。

心を奮い立たせ、駆け出していく男の後を追っていく。

路地に入り、右に曲がり左に曲がり、また右に曲がりと実に複雑なルートだったけれど、あまり路地裏に詳しくない私は「みなさんはいつもこんな複雑な道を通って帰っているのね」という呑気な考えをしていた。

しかし、どこか不自然に感じた私は前を行く男に声をかけた。

「あのすみません！　まだですか？」

「あはは。すみませんね。もう着きましたよ」

「え？」

一生懸命走り、肩で息をする私の前で立ち止まった男は、口角をにぃっと吊り上げて笑った。

「わざわざご足労ありがとうございます。無理矢理連れてきてもよかったんですがね、あまり傷を付けるなと言われているもので。はい」

「……どういう、事ですか」

男の纏う空気が一変した事に気付いた私は、ゆっくりと足を後ろに動かす。

するとなぜか体が何かに当たり、後ろに進めない。

「捕まえたよ。聖女様」

「なっ！　やめっ……」

背後から別の男の声が聞こえた途端、私の意識は暗転していった。


「死んでなイだろうネ？」

「はい、ミヤ様。今は眠っているだけです」

「ゴ苦労」

どのくらい気を失っていたのか、ふわふわとしたまどろみの中で、そんな声が聞こえてうっすらと目を開く。

しょぼつく目に飛び込んできたのは、赤くゆらめく蝋燭の炎と、その炎に照らされる瓶詰めにされた人間の臓器類。

壁にはモンスターの頭部の剥製《はくせい》がいくつも飾られていて、床には大きな白い毛皮が、カーペット代わりに敷かれている。

「う……!」

視界に飛び込んできた衝撃的な光景は、私の五感を一気に呼び起こした。

そして鼻に流れ込んでくる強烈な薬品の臭いは、吐き気を込み上げさせ、目には涙が溢れてくる。

明らかな劇薬の臭いに耐えながら、背中を向けて立つ目の前の黒ずくめの男を睨みつける。

「おヤ……おはよウございます、聖女サマ」

「んぐぅっ! んん⁉ んん! むぐぅ!」

目を覚ました私は、自分が十字架のような形で拘束され、猿ぐつわを噛まされている事に気付いて声をあげる。

身を捩っても拘束が緩む気配はなさそうだった。

「おや、おや、おや……何を言ってイるのカ分かりマせんネ。ハジメまして、ミヤと、イイます」

「ふんん! んん!」

「外せと? イイでショ」

ミヤは懐から取り出した小さなナイフで、私の猿ぐつわを切断し、再び距離をとった。

「あ、貴方は誰ですか! ここはどこですか? なぜこんな事をするのですか!」

私はキッと睨み、精一杯の声を上げてみるが。

「おぉ、実に、実に実に愛らしく儚げで美しく脆そうな嘆き……イイですすネ、ゾクゾクしますヨ」

「な……何を……」

それに興奮を覚えたのか、ミヤは仮面の下から舌を伸ばして、手に持つナイフをべろりと舐めた。

「私が何者か、そうですネ、ダウンズサンの知り合イ、と言えばイイですかネ」

「だ、ダウンズさんのお友達なんですか？　ならどうしてこんな事を！」

「お友達ではないですヨ。ビジネスパートナーです。イや、だった、が適切でしょウネ」

ミヤは私の素肌にナイフの腹を当て、ゆっくりと動かしていく。

「ひっ……や、やめて……」

頬に当て、耳、首、そして目蓋。

私の恐怖を煽るようにゆっくりと、金属の冷たさ、命を奪う冷たさを体に伝えてくる。

「おヤおヤ、そんなニ震えて……仮ニも聖女たル貴女が弱気な事ダ」

「私をどうするおつもりですか……！」

「簡単でス。色々とお聞きシたイ事があルンですヨ。その体ニね」

「体……？」

「ダウンズサンの依頼は完了、報酬もイただきましタ。だが足りなイ。足りなかっタ。貴女がたノおかげでネ！」

語尾を荒らげ、ミヤが腕を振り抜くと、私の肌に一本の筋が出来る。

その筋から流れ出た少量の血を、ミヤはベロリと舐め取る。

「んひぃ！」

他人に肌を、血を舐め取られるなどという初めての行為に怖気《おぞけ》が走り、思わず声が漏れてしまう。

「ど、どういう事ですか……！」

しかし、私はめげずにミヤを真っ直ぐ見ながら声を張る。

「幼龍の首を取り、怒るドラゴンニ王都を壊滅させ、旨味を十分ニ頂く。そうイう算段だったノですヨ」

「……なんですって……？　全部、全部貴方のせいなんですか！　貴方が！」

ミヤから発せられた言葉の意味を理解した私の心が、怒りに染まっていく。

恐怖は怒りで塗り潰され、怯えの震えは怒りの震えへと変わる。

「怒らなイでくださイ。これもビジネスでスからネ」

「許せない……許さない……！」

「許せなイから、どうすルのでス？　貴女は非力な聖女サマ。ナイトニ守ってもらわねば……何も出来なイ弱い存在。薄弱《はくじゃく》な、風が吹けば飛ぶような、矮小な存在」

「……それは、少し違います」

「ナニ？」

私の纏う気配の違いに気付いたらしいミヤは一歩下がり、再度問いかける。

「ナニが……違ウのでス」

「確かに私は後衛、守り癒し施し支える者。ですが……怒る時は怒るんですよ……！」

「怒った所で、貴女はナニも出来ないでしょウ?」

「出来ますよ。こんなにも、こんなにも怒りが燃え上がるのは初めてで、正直戸惑っていますけど……私は貴方を、貴方がたを許さない!」

私の奥底から込み上げる怒りは、原動力となり、聖なる力が増大していく。

増大した力は拘束を易々と吹き飛ばし、金色のオーラがゆらゆらと私の身を支えて宙に浮く。

それはまるで、愚行を犯した罪人に怒る熾天使《してんし》のように神々しく猛々しい。

「ナ……ナニを!」

「私はあなたを許さない! 【ホーリーフレア】!」

そして怒りのままに紡ぎ出された法術が弾け——白光《はっこう》を伴って爆発した。

◇◇◇

ズドオォォオン……!

「アダム様、今の音は!?」

原因はわからないが、遠くで大きな爆発音が響き、ミッドナイトの建物が大きく揺れた。

バルザックの首を狙ったダウンズの戦斧の軌道が、その揺れの影響で僅かにずれた。

ずれたのは戦斧だけではなく、バルザックの体も微妙にずれ、戦斧がバルザックの目の前を通り過ぎた。

「せぇえぃ！」

その瞬間、軸足でしっかりと地面を踏みしめたバルザックの強烈な切り上げが、ダウンズの股間から頭頂部までを一気に走り抜けた。

「「やったか！」」

「まだだ！」

バルザックは振り抜いた剣を返し、横一文字に一閃、さらに袈裟斬り、再度横薙ぎ、逆袈裟と目にも留まらぬ剣速で剣を振り回した後、静かに鞘《さや》へ入れながら――

「これでもう眠れ。ダウンズ」

バルザックの声と、カチン、という音と共に、ダウンズの体は細切れになって床へと落ちた。

「凄いな」

「やりましたわね。バルザックのくせに生意気ですわ」

「いやそれはひどくない？」

ダウンズをけしかけた男は既に倒した。先ほどの音が爆発の音だとしたら、何が爆発したのだろうか。

ズズン……！

再度小さな爆発音が聞こえ、建物全体が震える。

「行こう！」

「そうだな！」

俺達は爆発の元を確認するため、音のした方へ駆け出していった。

いくつもの部屋を通り過ぎ、幾人もの敵を屠っていき、爆発があったであろう部屋へと辿り着いた。

「うわ……」

「これは凄いですわね」

「一体何があったって言うんだ」

俺とリリスは目の前の惨状に声を上げた。

爆発痕を見ると、小規模ながら激しい爆発があった事を示しており、周囲には人の臓器のようなものが散乱していた。

激臭に鼻を押さえながら部屋を見回すと、壁に穴が開き、それが奥へと繋がっていた。

「許さない！　貴方達のせいでみんなが！　【ホーリーブラスト】！」

奥の方から意外な人物の声が届き、そしてまた爆発音。

ここにいるはずのない人物によってこの有様になっているのだろう事は察しがつく。

「モニカ！」

俺はその名を呼び、声のする方へと駆けた。

「みんな！」

そこにいたのは俺の知る、優しくて穏やかでたおやかで健気で女神のような美しさをたたえたモニカではなかった。

髪の毛を逆立て、金色のオーラを纏う、怒りの形相をしたモニカだった。

そしてモニカの前にはおそらく人であったものが粉微塵になっていた。

さらにその細い片腕で、腕のない上半身のみの男の襟首を掴んでいた。

男の顔の半分は焼け焦げ、判別が出来ないほどに滅茶苦茶だった。

「ちょっ……モニカさん……貴女やるわね……！」

「モニカ、お前にそんな力があったとはな」

「何があったか知らないけど、とりあえず落ち着け？　な？」

俺達三人は、見慣れぬモニカの姿に驚きつつも、落ち着かせようと声をかける。

興奮した猫のようにフーッ！　フーッ！　と荒く息をするモニカ。爛々《らんらん》と光る両目からは大粒の涙がこぼれていた。

「みんな、みんなこの方々のせいで……！　キャンディスも、ルクルもジョルジュも死んだのよ！　みんな、みんな悲しんで叫んで！　死ぬ必要のない方々が、ここにいる方々のわがままで死んだのよ！　私は許さない！　許せない！　許したらいけない！」

「モニカ！　分かったから！　とりあえず座れ！」

「うぅ！　アダムざぁあん……！　うえええん！」

大粒の涙は止まる事がなく、モニカはその場にペタンと座り込んで、子供のように泣きじゃくり始めた。

「モニカ、大丈夫よ。もう大丈夫。よしよしいい子ね……」

「ふえええん……リリスざんんん……」

しかし凄いな……高威力な爆発の痕が、いくつも……これ全部モニカがやったってのかよ。

虫も殺せないようなモニカが……相当な怒りだったんだろうな。

絶対怒らせないようにしよう。

俺は泣きじゃくるモニカの横顔を見ながらそう思った。それにしてもこの上半身男は誰なんだ？

胸は上下してるから生きてはいるっぽいけど。

下半身と腕を吹き飛ばされて生きてるって……

生き地獄でも味わわせたかったんだろうか。

「こ、この男は……！」

「知っているのか！　バルザック！」

モニカの逆鱗《げきりん》に触れ、達磨《だるま》のようになった男を見ながらバルザックは腕を組み、指で顎を何度ももみもみし……

「思い出せん」

「お前ふざけんなよ⁉」

「すまん、こう顔面が微妙だとな」

「あー、確かにぐちゃぐちゃだもんな」

ここまでやられていると、バルザックが顔を思い出せないのも無理はない。

「二年ほど前の話だ。ダウンズをスカウトした時、こいつに似た男がそばにいたような気がしてな」

「ふぅん」

「興味なさそうだな」

「正直ない」

「ドライな奴だ」

「さすがに王都へドラゴンをけしかけるような奴らには興味を持てないさ」

「それもそうか」

二人でうんうんと頷いていると、リリスに抱きしめられていたモニカが、目をゴシゴシと擦り、弱々しく立ち上がった。

さっきまでの激おこモニカ丸の姿はなく、どちらかと言えばいつもよりも儚げなオーラを纏っていた。

落ち着いたモニカから事情を聞けば、この見るも無惨な達磨男はミヤといい、ダウンズのビジネスパートナーだったという。

そして、ストームドラゴンのおチビちゃんを首チョンパし、鬼おこになったパパドラゴンを王都に引き寄せた。

あの大惨事を引き起こした元凶は、甘く見ていたモニカの逆鱗を撫でくり回した果てにこうなってしまったというわけか。

「さて、どうするアダムよ」

「どうするとはどういう事だい？　バルザックさんや」

「元凶はコイツで確定だ。殺《や》るか？」

「うーん。正直こうなっちゃったら何も出来ないだろうし、衛兵の詰所の前に放り出しとく？」

「アダムがそれでいいならいいが……こういう輩《やから》はきちんと処理しておかないと後々めんどくさい事になるぞ？」

「むう……モニカはどうだ？」

「わた、私はその、どちらでも！」

モニカは自分のした事が信じられないらしく、ミヤを見ながらあわあわしていた。

リリスはなんか親指グッ！　ってやってるけど、ちょっと意味分かんないから放置するとして。

「王都をぶっ壊した報いを受ければいい」

「アダム、それはつまり？」

「ここを徹底的に破壊する」

「ふ……築き上げた物を徹底的に破壊、か。なるほどそれはある意味死ぬより辛いかもしれないな」

「だろ？」

という事で。

「メルト、ロクス、やるぞ！」

力任せに破壊するならテロメアが一番適しているのだけど……あいつデカいから確実に天井貫くんだよな。

『おっけーマスター！』

『うへぇ！　こいつキモいー！』

『あっ、骨落ちてるよ！　いただきー！　あむあむ！』

『ニョッ』

ニョッ……？　今うまく言い表せない妙な音が聞こえた気がするんだけど。

『ニョヨッ』

目の前のロクスが伸びて縮んで広がってまた縮んで……何か言いたげだけどなんだ？

『マスター！　ロクスがお喋り出来るようになったよー！』

『何言ってるか分からないけどねー！』

『骨うめうめ』

『ニョッピ』

「まじか。お前の声なのか」

メルトの首の一つは、床に散らばったどこの馬の骨とも分からない骨を齧《かじ》るのに夢中だが、この妙な音はロクスが喋ってる声だったわけね。

『ヌルポッ』

「待てそれは何か違うぞ」

『ピョロ』

「マジで何言ってるのか分かんねぇ！」

けどまぁ、凄い嬉しそうにプルプルしてるからいいか。

あれ、まさかさっきまで俺達に纏わりついてたから少しだけ言語能力を得た……？

まさかな……けど試す価値はあるな、今度やってみよう。

「それでどうする？　それぞれ暴れ回るか？」

「だな」

剣を肩に乗せ、やる気満々のバルザックマン。

本当に変わったなぁ。実に生き生きと、スッキリした顔だ。

「私はアダム様と共に！」

「わ、私は……じゃあバルザックさんのお手伝いを！」

「いいのか？」

モニカの申し出に、バルザックは一瞬驚き、確認している。

「はい！」

「よろしく頼む」

という事で。ミッドナイトぶっ壊し作戦は俺とリリス、バルザックとモニカの二手《ふたて》に分かれて行う事になった。

「んじゃ、一時間くらい徹底的に暴れ回ったら俺とリリスで迎えに行くよ」

「分かった！」

「了解した」

「それじゃ、ミッドナイトぶっ壊し作戦開始だ！」

「「「おーー！」」」


「アダム様、それでそれで！　私は！　どうしましょう！」

「そうだなぁ、出来るだけ派手にやって欲しいんだよ」

「分かりましたわ！　では、私の本当の姿でやらせていただきましょう！」

「本当の姿？」

「はい！　私はまだ二段階も変身出来ます！」

「それって変身する度にパワーが増したりするのか？」

「えっ!?　どうしてそれを!?　さすがアダム様ですわ！」

「最終形態は小柄になるとか？」

「いえ？　今の私が一番小柄で一番弱いですわ」

「あ、そうなの。今の状態が一番弱いとか恐ろしすぎるんですけど」

「だてに幻獣王の娘ではないという事ですね！　えへん！　どやどやどやっ！」

「どやどやとか自分で効果音つけるな」

「えへへ！　でも、最終形態はちょっと恥ずかしくてあまりお見せしたくないので……第二形態になりますわね」

「おっけ。頼む」

俺がゴーサインを出すと、リリスは突然そこらへんに落ちてた棒を拾い、意気揚々と天に掲げ、くるくるとその場で回り出した。

「スーパードラゴニックサンシャイン！　エヴァーソウーール！　チェンジ！」

「おい」

「なんですか？　今いい所なんですのよ？」

「その謎の詠唱って必要なのか」

「いえ、特には」

「必要ないのかよっ！」

「必要ありませんけど、でも父から他の世界ではこういうのもあるよって教わりまして……」

「他の世界とか知らんがな……とりあえず普通に変身してくれよ」

「はぁーい」

リリスは俺の返しが不満だったのか、ほっぺたをたこのようにぷくーっと膨らませながらストレッチを始めた。

——そして。

「へんっ！　しんっ！　【ドラゴプリンセスモード】！」

声高らかに言い、しゅば！　とジャンプしたかと思えば白と金の光がリリスを包み込み始め、服がゆっくりと光の粒子に変化していく。

服が分解されていくにつれ、露わになるリリスの褐色の肌。

でもどうした事か、大事な部分は強烈な光によって隠されてしまって見る事が出来ない。

そして美しく気品の高い裸体を惜しげもなく晒したかと思えば、今度はその肌に白金色の鱗がもさもさと生え始めた。

背中からは鱗と同じ白金色の翼が力強く生え、ばさりと空気を撫でた。

口から二本の長い牙が伸び、額からは細い角が伸びている。

下半身と脇腹、肩と胸、腕と首を覆うように生えた鱗が光を反射してキラッキラに輝いている。

「す、すげえ……」

「ドラゴプリンセス！　さんっ！　じょうっ！」

リリスはジャキィーン！　という効果音でもつきそうな決めポーズをして、床にふわりと着地。

「ぶいっ！」

待った。なんだこいつ滅茶苦茶カッコいいんだけど、なんだこいつ！

「どうでございますか？　アダム様。これが私の第二形態でございますですの事よ」

「言葉使いが妙な事になってるけど、凄いよ。本当にカッコいい」

「カッコいい！　私が！　えへへへ！」

腰に手を当て、仁王立ちを決めるリリスは本当に美しかった。

白金色に輝く鱗と翼。強い力を秘めた瞳。そして滲み出る強者の気配。

上から見ても下から見ても左右斜めどこからどう見ても美しく気高く、そして高貴だった。

「その姿が本当のお前なのか？」

「そうでございますわ。私達幻獣が暮らす幻獣界ではずっとこの姿ですの。でもこちらの世界だと、この姿をあまり長くは保てませんわ」

「どれくらいその姿でいられるんだ？」

「そうですわね……おそらく一週間程度しか保てませんわ」

「結構保つな!?」

【ドラゴプリンセスモード】なる形態に変身したリリスと、メルトとロクスをしっかりと見据えて俺は言った。

「そんじゃ暴れてくれ。何してもいいぞ！」

「っしゃおらあああ！　ドラゴニックパワー全開！　唸れ拳！　迸れパッション！　燃え上がれドラゴンブラッド！　必殺！　【ブリューナクストライク】！」

そんな力強い雄叫びが俺の真横から聞こえ、周囲を極光《きょっこう》が埋め尽くした。

『うわー！』

『眩しいよー！』

『目が！　目がぁ！』

『オニョリョリョオォ！』

メルトとロクスの叫び声が聞こえ、モニカの爆発音が可愛く思えるほどの轟音が鳴り響いた。

「ふーすっきりしましたわ！　気分爽快やれそうかい！」

「いっつつ……おい！　リリス！　もう少し加減ってのを考えろ！」

晴れ晴れとした笑顔になるのはいいのだけど、巻き添えを食らった俺とメルトとロクスに謝って欲しい。

俺はデカい瓦礫と壁のサンドイッチにされた。

一瞬、葬滅の大墳墓のあのシーンがフラッシュバックしたじゃんかよ。

ロクスはスライムだからそこまでダメージはないけど、メルトなんてしゃがみ込んで、顔をてしてし洗っているじゃないか。

一首一首洗わないとだもんな。超可愛い何この生き物。

『お姉ちゃんひどいよー！』

『目がちかちかー！』

『前が見えないよー！』

『ピーヒョロロ』

心なしかロクスもでろん、としてるような気がする。大丈夫か？

「あらぁ……」

「あらぁ……じゃないの！　おすわり！」

「わんっ!?　な！　どうして私怒られますの!?」

「怒ってるんじゃない！　加減を考えろって言ってるの！　やるならやるってちゃんと説明してか

らやりなさい！　分かりましたか！」

「くぅん……」

「可愛こぶってもダメだからな！」

「え⁉　可愛い⁉」

「いいから！　次からは気をつけなさい！」

「はいっ！　申し訳ございません！」

「しかし……【ブリューナクストライク】だっけ？　とんでもねぇ威力だな……」

「えへへ、それほどでもあります」

プリンセスモードリリスの繰り出した【ブリューナクストライク】。

その痕跡を見て呆然とする。

壁には直径二メートルほどの大穴が口を開けており、穴の縁《ふち》は未だに小さな青い炎がちらちらと燃えている。

そして穴は数十メートル先まで開いていて、人間の残骸らしきものも散見される。

しかしこれだけ暴れているのに敵が来ない所を見ると……

「敵は逃げたかな」

「それも仕方ないかと」

『負けないもん！』

『やるもん！』

『やったるもん!!』

メルトが雷撃のブレスを全開で吹き散らかしている横で、穴の中を覗く。

散見される人間だったものは逃げ遅れたか、反撃の機会を窺っていたかだな。

「いないならいないで破壊工作を続ける。リリス、少し加減しながらやってくれ。俺達まで生き埋めになったら大変だからな」

「了解ですわ！　私のこの手がバーニング！　アダム様の心をキャッチアップ！」

「あっ馬鹿、やめろ！」

リリスが正拳突《せいけんづ》きの構えを取り、言葉と共に周囲の空気が熱を持ち、拳には白炎が宿る。

「極炎等しく吹き荒れろ！　【グングニルブラスト】！」

「【聖壁】！」

スキルが炸裂する直前で、俺とメルトとロクスを囲むように俺はスキルを発動させる。

大穴が開いたのとは逆側の壁が吹き飛び、白炎はまたしても大穴を開けた。

そして残りの二方向も同じスキルで打ち抜いてから、リリスは胸を張った。

「いかがですかアダム様！　手加減のほどは！」

「うん……手加減してこれなのね。上出来だ、としか言えないわ」

「わーい！　やりましたわ！　これでアダム様のハートは見事にキャッチ！」

「されてないされてない」

「あらぁ……残念ですわ」

「次からは三部屋ぶち抜くくらいの威力でやってくれな？　モニカとバルザックに当たったらかなわん」

「はーい！」

てへ、と舌を出して戯《たわ》けるリリス。

よし、このまま徹底的に破壊してやろう。


「今回はみんなお疲れ様でした」

ミッドナイトを徹底的に潰した後、俺達は宿屋を目指して路地を歩いていた。ミヤはドラゴン襲撃の顛末を書いた書状と共に、衛兵の詰所前に転がしておいた。

念のため、ちゃんと衛兵が気付くまで見張りをする。

ミヤを見つけた衛兵は驚いて腰を抜かしていたけど、多分俺でもそうなるよな。

衛兵さん、悪い夢とか見ないといいけど。

「あの、恥ずかしい所見せちゃってごめんなさい」

「恥ずかしい？」

「何がだ？」

モニカがモニモニ……もといモジモジしながら口を開くが、こちらとしては謝られる理由がないので何に対して謝られているのかが分からない。

それはバルザックも同じなようで、二人で顔を見合わせてハテナマークを浮かべている。

「私、あんなに怒ったの初めてで……その」

「あー」

モニカが何を言いたいのかが分かった。

ミヤに刺激され、怒りの暴走を起こした時の事を言っているのだ。

「謝る事ないだろ。人のためにあんだけ怒れるって、素晴らしいと思うぞ。さすがは聖女様だな」

「うう、そう、かな……？　ありがとう」

人差し指同士をちょんちょんしつつ、モジモジモニカは恥ずかしがりながら笑った。

モニカを拉致した事によって、自らの破滅を早めてしまったミヤとミッドナイト。

ミヤは恐らく投獄《とうごく》か処刑だろう。なんせ国家転覆《てんぷく》の可能性もある事をしでかしたのだから。

ミッドナイトは壊滅させたが、きっと同じような組織はまだあるんだろうし、消える事もないんだろう。何をしても犯罪者が消えないのと同じだ。

何はともあれ、これで俺の中での王都襲撃事件の幕は下りた。あとはお国様にお任せするとしよう。

とは言え、早くも街中では――

「地下の悪い奴らを倒したのはバルザックの亡霊らしい！」

「龍の化身、いや龍の女神が裁きに来たんだ！」

「金色のオーラを放つ憤怒の女神が降臨した！」

などと、当たっているような、いないような情報が、噂話として出回っているようだ。

まぁ、それはそれとして。

「バルザック」

「なんだ？　難しい顔をして、腹でも壊したか？」

剣の手入れをしていたバルザックは俺の呼びかけに顔を上げて言った。

「違うわ！　バルザックはこの先どうする？」

「どうする、というのは？」

「お前は俺の目的遂行のために蘇らせた。言うなれば俺のわがままで復活させたんだ。んでその目的は達せられた」

「そうだな」

「今、というよりこれから先ずっと、俺と共にいるならお前はサーヴァントとして生きていかなきゃならない」

「そうみたいだな」

「でも、お前が望むなら解放して、新たな門出《かどで》を祝う事もできる」

「そうか……」

「ああ。決めるのはお前だ、バルザック」

そう言うと、バルザックは己の剣をじっと見つめた。

復活させる前にリリスが言っていたように、仮面を被り王都で一から始めるか、国外に出て活躍するか、世界を回って見聞を広めるか、などなど生き方はいくらでも、無数にあるのだ。

それこそ冒険者ではない生き方だって出来る。

「私は……バルザックさんが嫌いだったよ」

唐突にモニカがそう言った。

目を逸らさず、じっとバルザックを見つめながら、嫌いだと告げた。

「でも、今のバルザックさんはその、なんて言うのかな、前の嫌な感じが消えていて頼もしいっていうか、また皆で旅が出来たら楽しいかなって、思う。でも、バルザックさんなりに思う所もあると思うの。だから、私はバルザックさんがどちらを選んでも何も言わないよ」

モニカの言葉に、バルザックは無言で微笑んだ。

「バルザックはどう考えてるんだ？」

「俺か……俺は……自分の力がどれほどなのかを知りたくて、王国軍に入った、そして戦士長の栄誉を賜《たまわ》った。戦士長というのは一種の頂点だ。だが、戦士長になった所で俺は満たされなかったんだよ」

「だから辞めたのか」

「そうだ。冒険者には強い奴らがゴロゴロいると聞いてな」

「実際は？」

「いたさ。あのアイドル剣士なんかもいい例だ」

「でも今のバルザックなら、スウィフトにも届くと思うけどな」

「ふ、だといいがな」

「俺とやった時は本気じゃなかったから分からないけどな」

「そうか。なら……やはり俺は……まだ上を目指したい」

「分かった。お前を解放するよ」

「すまん」

座りながらではあるが深く頭を下げるバルザックを手で制し、俺は首を振る。

「謝る事はないよ。解放したら、王都に留まるのか？」

「いや、旅に出ようと思う」

「そっか」

「一人で……色々と考えを整理するつもりだ」

「分かった。それじゃ……」

「あぁ、サヨナラだ」


——王の命により、サーヴァント【バルザック】を解放しました。


俺とバルザックの体がうっすら光り、そして収まる。

俺の中のバルザックとの繋がりが切れた感覚がする。

これでバルザックは、俺のサーヴァントではなくなった。

「この仮面、貰っておいてもいいか？」

バルザックが少し照れ臭そうに仮面を取り出した。

ミッドナイト突入の時に着用していた仮面。俺が適当に選んだ、とてもシンプルなもの。

彩りなどは一切なく、目のスリットが開いているだけのものだ。

バルザックはそんな仮面を見つめ、ふっ、と小さく笑った。

「いいよ」

仮面はバルザックのために買ったものだし、返すと言われたらゴミ箱行きだったし、なんの問題もない。

「ありがとう。これがあれば……お前達と繋がっていられる。たとえ離れていても、同じ空を見て、皆が感じた風を受ける事も出来よう」

「へっ、カッコつけやがって」

「お別れの時くらい、カッコつけてもいいだろう?」

「ちげえねぇや！」

「「あっはっはっは！」」

互いに突き出した拳を合わせながら笑い合う。

かつての俺とバルザックでは考えられなかった状況だが、今はとても清々《すがすが》しく笑い合える。

過去に俺がバルザックからどんな扱いを受けたかは、もちろん覚えている。

でも、それはもう、俺とバルザックの間にはなんの禍根《かこん》も残していない。

死という最大の贖罪《しょくざい》によって拭い去られたのだから。

バルザック、俺はお前を友だと思っているよ。お前がどう思っているかは知らないけどな。

「いいなぁ、男の友情っていうのかな?」

「浸らせてあげなさい。男ってあーゆーもんですわよ」

「カッコいいですね」

「そうね。特にアダム様がカッコいいですわ」

なんて、モニカとリリスの会話が聞こえてきたけど、それはスルーして、バルザックと固い握手を交わす。

互いにニヤリと笑い、それだけで意思の疎通が出来る。

「すぐに発つのか?」

「そうだな。とりあえずは南に向かおうかと思う」

「南……カルディアル帝国の方か」

「そうだ。そこで今度武闘大会が開かれるそうでな。腕試しといった所だ」

「頑張れよ」

「あぁ。アダムも……いや、森羅万象の王よ」

「茶化すなっつの」

「いつかまた、俺の力が必要になる時があれば呼んでくれ。その時は全てを投げ出して馳せ参じよう」

バルザックはそこまで言って踵を返して数歩歩き、剣を抜いて天に掲げ、朗々《ろうろう》と言い放った。

「これより俺はバルザックの名を捨てる。今まで世話になった。またいつか、必ず相まみえん事を剣と地と天に誓おう！　さらばだ！　我が友アダム！　森羅万象の王アダム！」

そしてバルザックは剣を納め、振り返る事なくまっすぐ歩き去っていった。

ただの一度も振り返る事なく。

「バーカ、カッコつけてんじゃねーよ……元気でやれよ、名もなき剣士様」


俺の脳裏に、あの日の光景が浮かび上がる。

皆の期待を一身に背負い、村の人々に見送られ、村一番の剣を携えて去っていく男の背中。

それを、モンスターの背中を撫でながら、遠くから見送る俺。

男の背中はとても広く、輝きに満ちていた。

そして時が経ち、王都を訪れた俺は、史上最速で戦士長に上り詰めた男の栄光を見つめていた。

男は村を出た時よりも輝きを増し、男の周囲にはやはり、いつでも人が集まっていた。

その後、再会の仕方を間違えた俺と男はすれ違い、そのすれ違いが最悪の離別へと至らせた。

紆余曲折を経て、やや強引な手口ではあるけれど、関係をリセットした俺と男は再び道を違える。

「無駄にカッコつけすぎですわ。バルザックのくせに……ですが、去り際をキメるのも、男の実力ですわ。ご武運を」

「神よ。かの者に御加護を……」

『じゃあねー！』

『また会おーねー！』

『死なないでねー！』

『ミュオオオ！』

「元気でやれよ、マブダチ」

そう呟いた俺の顔を、穏やかな風が優しく撫でていった。


名もなき剣士は今日も行く。

まだ見ぬ強敵を探して道を行く。

腰に帯びるは鬼が遺せし鬼神剣。

彼は道なき道に何を見るのか。

帝国で行われた武闘大会で無傷の優勝を果たし、その後、大陸を渡り歩く仮面の剣士が英雄と称えられる事になるのはまた、別のお話。

リリスちゃん
第二形態
ドラゴン歯並びは
この世で一番カワイイ
※諸説アリ
ドラゴン足＋
金属ハイヒール的
ソール装甲
スカート
うすむらさきの
グラデーション
リリスちゃん
▶ピアス
金と小さな
赤い宝石
▶腕飾り
手のひら側が空いてます

メルトちゃん
全体イメージ
二稿
▶サイズ感
2m超えにはしつつ
撫でやすそうなくらいの
高さにしてみています
より主人公に大事に
されている感が出るかな
毛の長いワンちゃん（ケルベロス）に
目の細かいチェーンは過酷では…
と思ったため、毛切れ防止に
スカーフっぽい布を巻いてみました
足先は毛が長いと
滑りそうなので
そのままです

テロメアさん
角込みで
4m弱くらい…？？

Re:Monster
リ・モンスター
金斬児狐
Kanekiru Kogitsune
1〜9・外伝
8.5
暗黒大陸編1〜3
シリーズ累計
150万部
(電子含む)
突破!
2024年4月
TVアニメ
放送決定!!
ネットで話題沸騰
怪物転生
ファンタジー
最弱ゴブリンの下克上物語 大好評発売中!
Re:Monster
リ・モンスター
金斬児狐
転生したのはまさかの
最弱ゴブリン!?
ネットで超人気!
怪物転生
ファンタジー
【小説】
1〜9巻/外伝/8・5巻
◉各定価：1320円（10％税込）
◉illustration：ヤマーダ
新章
Re:Monster
暗黒大陸編
リ・モンスター
THE DARK CONTINENT
1
新たな旅が
今始まる!
65万部!
最弱ゴブリン
最強黒鬼
そして
新世界の
伝説へ
新シリーズ!
【小説】
1〜3巻（以下続刊）
◉各定価：1320円（10％税込）
◉illustration：NAJI柳田
コミカライズも大好評
Re:Monster
リ・モンスター
1
転生したのは…
最弱ゴブリン!?
異世界下克上
サバイバルファンタジー
累計
23万部
突破!!
待望のコミカライズ!!
【漫画】
1〜
◉各定価：748円（10％税込）
◉漫画：小早川ハルヨシ

子連れ冒険者ののんびりファンタジー!

神様のミスで命を落とし、転生した茅野巧。様々なスキルを授かり異世界に送られると、そこは魔物が蠢く森の中だった。タクミはその森で双子と思しき幼い男女の子供を発見し、アレン、エレナと名づけて保護する。アレンとエレナの成長を見守りながらの、のんびり冒険者生活がスタートする!

◉各定価:1320円(10%税込) ◉Illustration:やまかわ ◉漫画:みずなともみ B6判 ◉各定価:748円(10%税込)

迷宮《ダンジョン》によって栄える都市で暮らす少年・ロイ。ある日、『ハズレ』扱いされている迷宮に入った彼は、不思議な塔の中に迷いこむ。そこには、大量のレア素材とそれを食べるスライムがいて、その光景を見たロイは、自身の失われた記憶を思い出す……なんと彼の前世は【製薬】スライムだったのだ！　ロイは、覚醒したスキルと古代文明の技術で、自由に気ままな製薬ライフを送ることを決意する――『ハズレ』から始まる、まったり薬師ライフ、開幕！

◉定価：1320円（10%税込）　◉ISBN 978-4-434-31922-8　◉illustration：ガラスノ

【悲報】売れないダンジョン配信者さん、
LIVE
うっかり超人気美少女インフルエンサーを
モンスターから救い、バズってしまう
ネットが才能に震撼!
怒涛の260万PV突破
著
taki210
人気はないけど、実力は最強!?
お人好し青年が
ダンジョン配信界に
奇跡を起こす!?
現代日本のようでいて、普通に「ダンジョン」が存在する、ちょっと不思議な世界線にて――。いまや世界中で、ダンジョン配信が空前絶後の大ブーム! 配信者として成功すれば、金も、地位も、名誉もすべてが手に入る! ……のだが、普通の高校生・神木拓也は配信者としての才能が絶望的になく、彼の放送はいつも過疎っていた。その日もいつものように撮影していたところ、超人気美少女インフルエンサーがモンスターに襲われているのに遭遇。助けに入るとその様子は配信されていて……突如バズってしまった!? それから神木の日常は大激変! 世界中から注目の的となった彼の、ちょっぴりお騒がせでちょっぴりエモい、ドタバタ配信者ライフが始まる!
【悲報】売れないダンジョン配信者さん、
うっかり超人気美少女インフルエンサーをモンスターから救い、バズってしまう
taki210
人気はないけど、実力は最強!?
お人好し青年が
ダンジョン配信界に
奇跡を起こす!?
ネットが才能に震撼!
怒涛の260万PV突破

この作品に対する皆様のご意見・ご感想をお待ちしております。
おハガキ・お手紙は以下の宛先にお送りください。

【宛先】
〒150-6019 東京都渋谷区恵比寿4-20-3 恵比寿ｶﾞｰﾃﾞﾝﾌﾟﾚｲｽﾀﾜｰ 19F
（株）アルファポリス　書籍感想係

メールフォームでのご意見・ご感想は右のＱＲコードから、
あるいは以下のワードで検索をかけてください。

アルファポリス　書籍の感想　検索

ご感想はこちらから

本書はWebサイト「アルファポリス」（https://www.alphapolis.co.jp/）に投稿されたものを、改題・改稿のうえ、書籍化したものです。

捨《す》てられ雑用《ざつよう》テイマーですが、森羅万象《しんらばんしょう》を統《す》べてもいいですか？
覚醒《かくせい》したので最強《さいつよ》ペットと今度《こんど》こそ楽《たの》しく過《す》ごしたい！

登《と》龍《りゅう》乃《の》月《つき》

2024年 1月31日初版発行

編集－藤野友介・小島正寛・宮坂剛
編集長－太田鉄平
発行者－梶本雄介
発行所－株式会社アルファポリス
〒150-6019 東京都渋谷区恵比寿4-20-3 恵比寿ｶﾞｰﾃﾞﾝﾌﾟﾚｲｽﾀﾜｰ19F
TEL 03-6277-1601（営業） 03-6277-1602（編集）
URL https://www.alphapolis.co.jp/
発売元－株式会社星雲社（共同出版社・流通責任出版社）
〒112-0005 東京都文京区水道1-3-30
TEL 03-3868-3275
装丁・本文イラスト－さくと
装丁デザイン－AFTERGLOW
印刷－中央精版印刷株式会社

価格はカバーに表示されてあります。
落丁乱丁の場合はアルファポリスまでご連絡ください。
送料は小社負担でお取り替えします。

ISBN 978-4-434-33328-6 C0093